パワハラ聖女の幼馴染みと
絶縁したら、
何もかもが上手く
いくようになって
最強の冒険者
になった
～ついでに優しくて
可愛い嫁もたくさん出来た～
4
くさもち
Illust.
マッパニナッタ

NEW Characters!!
「私の、可愛い子……。
可愛い、子……」
フィーニス
〝終焉の女神〟と呼ばれる謎多き女神。自らの封印を解くため、聖者たちに手を貸していたようだが——!?
フルガ
〝雷〟と〝破壊〟を司る気性の荒い女神。美女好きで、力を貸す代わりにアルカディアを渡せと要求してくるが……?
「——このオレを前に女を侍らせるとはいい度胸だな、人間ッ!」
アガルタ
全身が強固な鱗で覆われている〝竜人〟の男性。〝槍〟の聖者としてイグザたちの前に立ちはだかる。
「だから安心してください。
苦痛なく死ねるようにしますので」
カナン
エルフの異端種で〝穢れし者〟と呼ばれている〝ダークエルフ〟の少年。《天弓》のレアスキルを持つ〝弓〟の聖者。

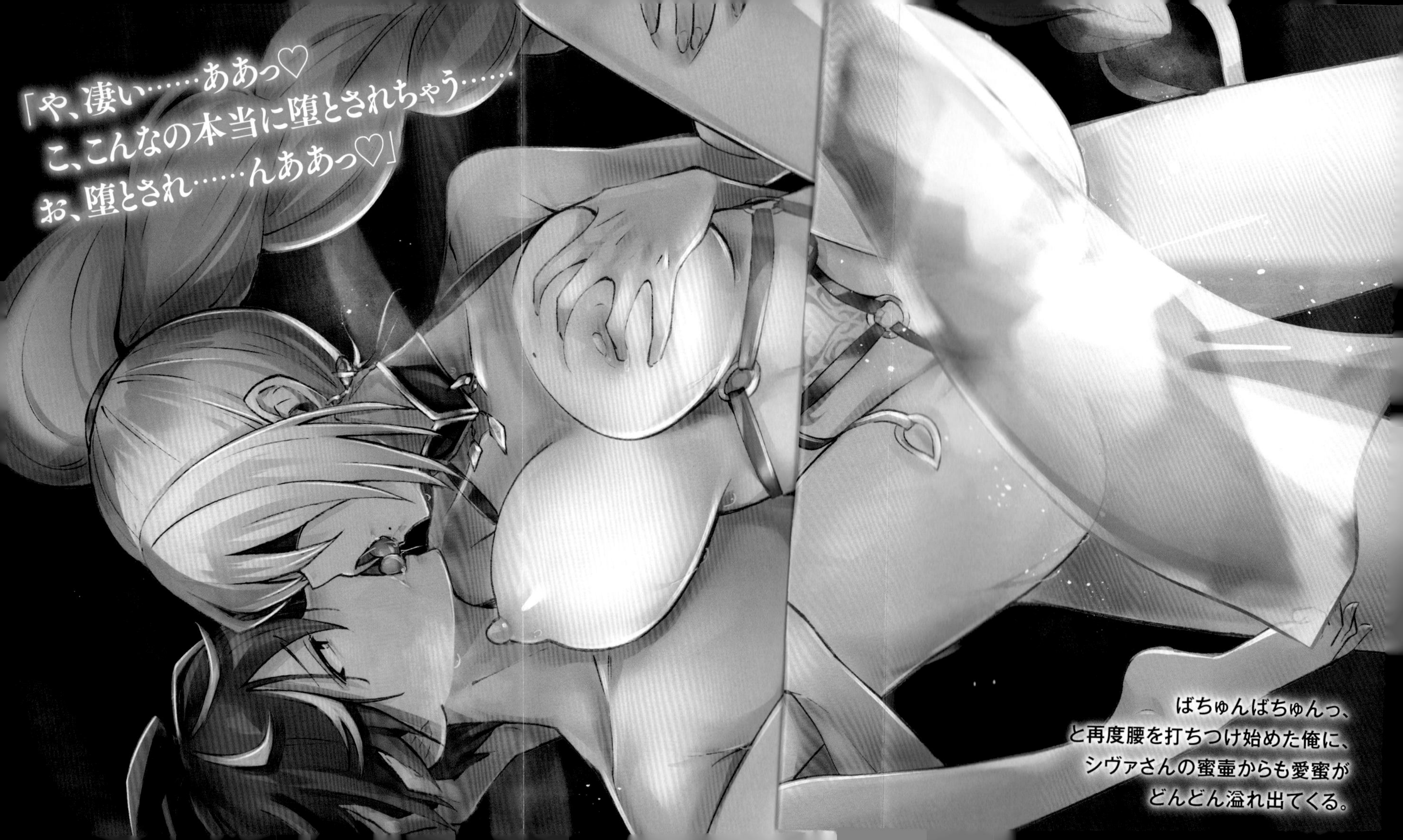
「や、凄い……ああっ♡
こ、こんなの本当に堕とされちゃう……
お、堕とされ……んああっ♡」
ばちゅんばちゅんっ、
と再度腰を打ちつけ始めた俺に、
シヴァさんの蜜壷からも愛蜜が
どんどん溢れ出てくる。

ダッシュエックス文庫

パワハラ聖女の幼馴染みと絶縁したら、何もかもが上手くいくようになって最強の冒険者になった4

～ついでに優しくて可愛い嫁もたくさん出来た～

くさもち

80章 〝剣〟の聖者

インキュバスの亜人《あじん》にして〝杖《つえ》〟の聖者――ヘスペリオスとの戦いで砕《くだ》け散った魔刃剣《まじんけん》ヒノカグヅチに代わる武器を手に入れるため、俺たちは〝稀代《きだい》の天才〟と呼ばれるドワーフ族の鍛冶師《かじし》――ナザリィさんの工房を訪れていた。

だがそんな俺たちを嘲笑《あざわら》うかのように姿を現したのは、ヘスペリオスと同じ〝亜人〟の聖者たちだった。

人狼《じんろう》の亜人にして〝拳《こぶし》〟の聖者――シャンガルラと、ミノタウロスの亜人にして〝斧《おの》〟の聖者――ボレイオスである。

当然、人よりも遙《はる》かに高い身体能力を持つ彼らの猛攻に苦戦を強《し》いられる聖女たちだったが、ついに完成したヒヒイロカネ製の新武装――〝無限刃《むげんじん》アマテラスソール〟の力により形勢は逆転する。

が、そんな矢先のことだ。

「──そこまでだ、シャンガルラ」

「「「「「「「──っ⁉」」」」」」」

激高《げっこう》し、さらなる力を解放しようとしたシャンガルラを突如《とつじょ》二本角《づの》の聖者が窘《たしな》めたのである。

「エリュシオン……っ。なんでてめえがここにいやがる……っ」

シャンガルラにとっても予想外の出来事だったのか、三人目の新たなる聖者──エリュシオンに対して訝《いぶか》しげに眉根《まゆね》を寄せる。

すると、エリュシオンは氷のような表情のまま淡々《たんたん》と告げた。

「無論、お前たちを連れ戻すためだ」

「はっ、そんで命令無視の罰《ばつ》を与えるってか？」

「いや、単にこれ以上の戦闘は不毛と判断したまでのこと。小僧《こぞう》の実力は十分に理解したはずだ。ならばこの場に留まる必要はあるまい」

そう静かに告げるエリュシオンだが、当然シャンガルラは納得がいかない様子だった。

「ああ⁉　留まる必要はねえだぁ⁉　大ありだボケ！　こっちは散々《さんざん》いいようにやられてんだぞ⁉　舐《な》められたまま退《ひ》けるわけねえだろうが⁉」

「ではこのまま〝獣化《じゅうか》〟してやつと戦うと？　今はまだ夕刻──お前の領分ではない。ここは大人しく退け。でなければ私がお前を殺す」

「ぐっ……!?」

エリュシオンの放つ圧倒的な威圧感《いあつかん》を前に、シャンガルラがじりっと後退《あとずさ》る。

直接向けられたわけでもないのにこれだけの〝圧《あつ》〟を感じるのだ。

――間違いない。

あのエリュシオンという男こそが聖者たちを統《す》べる首魁《しゅかい》。

そして腰に提《さ》げている禍々《まがまが》しい太刀《たち》を見る限り、恐らくは〝剣〟の聖者であろう。

と。

「……ちっ」

シャンガルラが舌打《したう》ちしながら戦闘態勢を解き、不満げにエリュシオンのもとへと赴《おもむ》く。

見ればボレイオスもまた神器《じんぎ》を背に収納しており、エリュシオンの隣で静かに佇《たたず》んでいた。

どうやら本当に撤退する気らしい。

だがこのまま黙って見過ごすわけにはいかない。

「待て!」

俺は踵《きびす》を返そうとしていたエリュシオンに向けて声を張り上げた。

「あんたらの目的は一体なんだ!? 何故《なぜ》聖者でありながら調和を乱すような真似《まね》をする!?」

するとエリュシオンは今一度こちらを振り向いて言った。

「我らの目的は人類の抹殺《まっさつ》――そして亜人種のみの新世界を創《つく》ることだ」

「「「「「――っ!?」」」」」

人類の、抹殺……っ!?

「ゆえに我らは聖者として世界の〝穢《けが》れ〟である人間どもを排除する。そしてドワーフどもの過ぎたる技術もまた新世界には不要。時が来次第《しだい》、やつらには滅んでもらう」

「そ、そんな勝手な!?　あなたたちは一体命をなんだと思っているのですか!?」

堪《たま》らず声を張り上げたマグメルに、エリュシオンは「……命？」と鼻で笑うように言った。

「それを貴様ら人間が言うのか？　数多《あまた》の命を無慈悲《むじひ》にも奪ってきた貴様らが」

「そ、そんなこと……」

「そうだな。貴様には身に覚えのないことなのだろう。だが人の愚行《ぐこう》は疾《と》うに見過ごせる範疇《はんちゅう》を超えている。ゆえに我らは人を滅ぼし、世界に安寧《あんねい》をもたらす」

「……なるほど。お前たちの主張はよくわかった。確かに人類が愚《おろ》かであることは否定しない。かく言う私も己《おの》が欲望のために同じ人を叩《たた》きのめしてきたからな。傍《はた》から見ればなんとも身勝手で愚かな女だっただろうさ」

だがな、とアルカは鋭い眼光をエリュシオンに向けて続ける。

「お前たちがやっていることもまた身勝手で愚かなことだ。罪のない者たちまで一緒くたに排《はい》斥《せき》することのどこが愚行でないと言える？」

「言えるとも。人が生きていること自体が罪だ。ゆえに罪なき者など存在しない」

「おいおい、無茶苦茶過ぎねえかあのおっさん……。話が全然通じねえぞ……」

呆《あき》れたように半眼《はんがん》になるオフィールに、ザナも嘆息《たんそく》しながら同意する。

「そうね。これはもう説得とかそういうレベルの話じゃないわ。彼らの意志は完全に凝り固まっているもの」

「うん、わたしもそう思う」

でも、とティルナはどこか納得のいかなそうな顔でエリュシオンに問いかけた。

「どうしてあなたはそんなに悲しそうなの？」

「……何？」

「あなたの瞳《ひとみ》からは何かとても深い悲しみを感じる。それは何に対しての悲しみ？　人を滅ぼすこと？　それとも別の何か？」

「そうか。確か貴様は人魚と人の間に生まれたのだったな。感性の鋭さは母親譲《ゆず》りか？」

「わからない。でもそう感じた。だから答えて。あなたは――」

と。

「――少々口が過ぎるぞ、小娘」

「「「「――なっ⁉」」」」

一瞬にしてエリュシオンがティルナの背後へと回り込む。

そしてやつは無防備な彼女に向けてその太刀を振り下ろそうとしたのだが、

――がきんっ！

「させるかよ……っ」

「ほう？」

当然、俺はティルナを庇《かば》いに入ったのだった。

81章　不死鳥VS鬼人

「イグザ！」

「離れてろ、ティルナ！　こいつはほかの聖者たちとは桁違《けたちが》いだ！」

鍔迫《つばぜ》り合ったたままそう警告し、俺は感情のままエリュシオンに怒りをぶつける。

「何してんだてめえ!?　無抵抗の女の子を襲《おそ》うのがあんたの正義なのか!?」

「そうだと言ったらどうする？」

「こう……するッ！」

がんっ！　とエリュシオンを弾《はじ》き飛ばした俺は長剣を消失――即座に槍《やり》を顕現《けんげん》させ、全力で投擲《とうてき》する。

「――〝虚月咆天吼《ルナフォースメテオライト》〟ッッ!!」

――どばあああああああああああああああああんっっ!!

ヴァエルと戦った時よりも威力《いりょく》・速さともに数段強化された《虚月咆天吼《ルナフォースメテオライト》》だ。

が、さすがは聖者たちのリーダー格である。

「凄《すさ》まじい威力の攻撃だが、当たらなければ無意味だ」

直撃の寸前で虚空《こくう》を蹴《け》り、宙をジグザグに駆けながら肉薄してきた。

どういう運動神経なのかという感じだが、驚いている場合ではない。

「はあっ！」

――がきんっ！

俺も再び長剣を顕現させ、最速の抜刀術《ばっとう》を以《もっ》てこれを迎え撃つ。

そうして再度鍔迫り合う俺たちに、シャンガルラが不満げに横槍《よこやり》を入れてきた。

「おいおい、これ以上の戦いは不毛だったんじゃねえのかよ!?」

「ああ、そのつもりだったが少々気が変わった。お前たちは先に戻っていろ。私はこいつの身《から》体《だ》に一太刀《ひとたち》浴びせてから行く」

「はっ、自分だけお楽しみとは大したリーダーさまだな、おい！　――行くぞ、デカブツ！

クソ野郎の道楽になんざ付き合ってられるか！」

「口を慎《つつし》め、シャンガルラ。元々は我らの失態《しったい》ぞ」

「んなこと知るか！」

がんっ！　と憤《いきどお》りを込めた蹴りで大木を薙《な》ぎ倒し、シャンガルラが去っていく。

当然、ボレイオスもその後ろに続く中、俺は不敵に笑って言った。

「いいのか？　お仲間がご立腹だぞ？」

「勘違《かんちが》いするな。あれらとは単に利害が一致しているだけのこと。仲間などではない」

「そうかい。ならここで俺があんたを倒したとしても恨《うら》み言を言われる心配はなさそうだな」

俺がそう皮肉交じりに言うと、珍《めずら》しくエリュシオンが口元に笑みを浮かべて言った。

「貴様如《ごと》きがこの私を倒すだと？　図に乗るなよ、小僧《こぞう》。よもや神の力を得ているのが貴様らだけだとでも思っているのか？」

「……なんだと？」

訝《いぶか》しげに眉根《まゆね》を寄せる俺をがきんっと弾《はじ》き飛ばし、エリュシオンがその禍々《まがまが》しい太刀を天に掲《かか》げる。

「いい機会だ。貴様らに我らが〝終焉《しゅうえん》の女神〟の力を見せてやる」

「終焉の、女神……？」

そんな名前の女神は初耳である。

六大神のほかにまだ女神がいるとでもいうのだろうか。

だがそれなら彼女たちの方からその女神の話が出ていてもおかしくないはずなのだが……。

俺がそう眉間《みけん》に力を入れていると、エリュシオンの掲げる刀身《とうしん》にどす黒いオーラが纏《まと》わりついていく。

――〝穢《けが》れ〟だ。

「何故聖者であるあんたが〝穢れ〟を……」

まさかあれが件《くだん》の女神の力だとでもいうのだろうか。

だとしたら終焉の女神とやらはジボガミさまのように汚染されている可能性が高い。

「くっ……」

しかしなんて嫌な気配だ。

この〝穢れ〟の濃度……尋常《じんじょう》じゃない……っ。

ごくり、と固唾《かたず》を呑《の》み込み、俺も長剣に炎を纏わせ、やつの攻撃に備える。

が。

「――〝哭死剣《エンドオブゲヘナ》《落陽》〟」

――ずしゃっ！

「がっ⁉」

「「「「――なっ⁉」」」」

次の瞬間には俺の身体にやつの刃《やいば》が深々と食い込んでいた。

ヒヒイロカネ製のフェニックスローブごと一瞬にして左肩から右脇腹《わきばら》までを両断されかけた

のである。

まるで時を止められたかのように何も見えなかった。

身の毛がよだつほどの凄《すさ》まじい剣技《けんぎ》だ。

だが。

——がしっ！

「……むっ？」

俺はやつの腕をがっしりと摑《つか》み、血を吐きながらも余裕の笑みを見せる。

「……悪いな。あんたがそういう技《わざ》を使ってくるのは予想済みだ」

「……何？　——ぬっ!?」

——ごうっ！

その瞬間、俺たちを炎の檻《おり》が包み込む。

そこでエリュシオンも俺の意図に気づいたのだろう。

はじめて顔から余裕を消して言った。

「まさか貴様……っ!?」

「ああ、そのとおりだ。あんた、さっき自分で言ってたもんな。俺の〝身体〟に一太刀浴びせてから行くくって。あんたが馬鹿《ばか》正直に身体を狙《ねら》ってくれて助かったよ。おかげで道連れにできる」

ごごうっ！　と炎の檻がさらに激しさを増し、俺たちを逃がすまいと狭《せば》まってくる。

「ぐっ⁉　放せ、人間⁉」

「そう言われて放すやつはいないだろ？　それにあんたは俺の大事な嫁に――ティルナに手を上げようとしやがったんだ。殺されても文句は言えねえよ」

「黙れ、この人間風情《ふぜい》がッ！」

「そうだな。その人間風情にあんたは消し炭《ずみ》にされるんだ。――いい加減覚悟を決めろよ、〝剣〟の聖者！」

「ぐうっ⁉」

口惜《くちお》しそうに歯嚙《はが》みするエリュシオンを前に、俺は容赦《ようしゃ》なく術技《じゅつぎ》を発動させたのだった。

「――〝原初滅却の焔《プロメテウスエクスキューション》〟ッッ‼」

《聖女パーティー》エルマ視点28：いや、そうじゃないでしょ!?

何故《なぜ》神は人を不平等にお造《つく》りになられたのだろうか。

シヌスさまのダイナマイトバストを黄昏《たそが》れたような目で見据《みす》えながら、あたしはふとそんなことを考える。

あの乳の10分の1……いや、100分の1でもあたしに与えられていたなら、今頃は乳だけで豚《ぶた》をひれ伏せさせていたというのに、と。

ほら、見なさいよ、その豚を。

「はあ、はあ……ぐっ」

よほど刺激が強かったのか、跪《ひざまず》いたまますでに満身創痍《まんしんそうい》になっちゃってるじゃない。

なんなの？

おっぱいにエネルギーでも吸われてるの？

むしろそのまま干からびて海の藻屑《もくず》にでもなればいいのに、とあたしは豚に軽蔑《けいべつ》の眼差《まなざ》しを向けていたのだが、

——ちらっ。

「……ふう」

「——っ!?」

え、ちょっと待って。

今あの豚あたしの胸見て落ち着きを取り戻してなかった？

気のせいよね？

というか、気のせいじゃなかったら張っ倒すわよあんた!?

「セレイアから話は伺《うかが》っています。イグザたち同様、聖女の務めを果たすべく神々のもとを訪れているそうですね」

ともあれ、今は水の女神——シヌスさまの御前《ごぜん》である。

ゆえにあたしはいつも通り完璧《かんぺき》な聖女ムーブで頭を垂《た》れる。

「はい、仰《おつしや》るとおりです。〝剣〟の聖女としての定めを受けた身として、世界に安寧《あんねい》をもたらすことこそが私の願いですから」

まあでも今一番の願いはあの豚をミンチにして母なる海に還《かえ》してやることなんだけどね！

「そうですか。それは素晴らしいことです。ここを訪れたのも、私の〝水〟と〝繁栄《はんえい》〟の力を求めてのことですね？」

「はい。もしシヌスさまのお力を賜《たまわ》ることができるなら、さらに多くの人々を幸せにできると考え、セレイアさんにご案内をお願いした次第《しだい》にございます」

てか、今〝繁栄〟って言った？

え、それってもしかして色々と豊かになるってこと？

確かにシヌスさま自身もやたらと豊満だし、これ期待しちゃっていいんじゃないの？

あたしがそう内心確信めいたものを感じていると、シヌスさまがふふっと微笑《ほほえ》んで言った。

「あなたはとても真面目《まじめ》な子なのですね。――いいでしょう。あなたに私の力の一端《いったん》を授けます。どうかこの力で人々を笑顔にして差し上げてください」

「ありがとうございます！　必ずや皆さまのお役に立つことをお約束いたします！」

そしてあたしのお胸のお役にもね！

◇

そうしてあたしたちはシヌスさまにお力を賜った。

彼女の司《つかさど》る〝水〟と〝繁栄〟の力をだ。

当然、水属性の強力な武技《ぶぎ》や便利な術技《じゅつぎ》なども同時に習得させてもらったので、今後の旅もかなり楽になると思う。

　でもね、シヌスさま。

『スキル――《子孫繁栄》：子宝に恵まれない者たちを恵まれやすい体質にできる』

その繁栄じゃないのよおおおおおおおおおおおおおおおおおおおおっ!?

あたしは内心愕然《がくぜん》と頭を抱える。

違うでしょ!?

今繁栄させなくちゃいけないものがほかにあるでしょ!?

というか、人々を笑顔にする前にあたしを笑顔にしなさいよね、あたしを!?

と。

「しかしあれですな、聖女さま」

「……？」

ふいに豚が話しかけてきて、あたしは一旦《いったん》心の突っ込みを止めていたのだが、

「――やはり大きすぎるのも考えものですな（しみじみ）」

「……」

いや、うっさいわよ⁉

ぶっ飛ばされたいのあんた⁉

それはヒヒイロカネを生成する際にも用いられた灼熱《しゃくねつ》の牢獄《ろうごく》である。

これに閉じ込められた者は超金属であるヒヒイロカネを除き、その全《すべ》てが灰燼《かいじん》に帰す――そのはずだったのだが、

――《原初滅却の焔《プロメテウスエクスキューション》》。

「はあ、はあ……っ」

まさか例外が生まれるとは思わなかった。

さすがは聖者たちのリーダー格というところだろうか。

途中で身体《からだ》を肥大化《ひだい》させ、俺の拘束《こうそく》を無理矢理解いたかと思うと、空間を斬《き》り裂いて外へと脱出したのである。

今はもう元の姿へと戻っているが、恐らくはあれが先ほどシャンガルラとの会話に出ていた〝獣化〟というやつであろう。

たぶんスザクフォームのように己《おのれ》の力を最大限発揮《はっき》できる形態へと進化するんだと思う。

「そういえば貴様は〝不死〟であったな……。なるほど、確かに今のは私のミスだ……」

肩で大きく息をするエリュシオンに、俺も意外だとばかりに言う。

「まさかあの技《わざ》から抜け出すとはな。でもおかげであんたは満身創痍《まんしんそうい》だ。悪いがこのまま終わらせてもらうぞ」

すっと新たに顕現《けんげん》させた弓を構え、俺はエリュシオンに狙《ねら》いをつける。

だがやつはこの状況でも慌《あわ》てた素振りを一切見せず、むしろ表情に余裕を取り戻して言った。

「それは些《いささ》か早計というものだぞ、小僧《こぞう》……っ」

「……何？」

どういうことかと眉根《まゆね》を寄せる中、エリュシオンの神器《じんぎ》から先ほどと同様の黒いオーラ――〝穢《けが》れ〟が伸び、その身体へと絡《から》みついていく。

するとどうだ。


――しゅううううううううううううう。


「――っ⁉」

それはやつの傷を瞬《またた》く間に治して、数秒も経《た》たないうちにほぼ全快と言っても過言ではない状態にまで回復させたではないか。

「なん、だと……っ!?」

「だから早計だと言っただろう？　よもや貴様だけが不死級の再生力を持っているとでも思っていたのか？」

「くっ……」

こうなってしまっては仕方がない。

俺は今一度やつに致命傷を与えるため、弓から長剣へと切り替える。

だが。

「貴様の力量は十分に理解した。今日はここまでだ」

やつはそう言って太刀《たち》を鞘《さや》に収めると、踵《きびす》を返して歩き始めた。

どうやらこれ以上戦うつもりはないらしい。

できれば今ここでやつを叩《たた》いておきたかったのだが、先ほどの〝穢れ〟を使った再生術のようにまだわからない能力も多そうだからな。

癪《しゃく》だが、ここは一度冷静になってこちらも万全《ばんぜん》の態勢で臨《のぞ》むべきだろう。

ゆえに俺も長剣を消失させ、悠然《ゆうぜん》と去っていくエリュシオンの背中を口惜《くちお》しげに見据《みす》えていたのだった。

◇

「……ふう。皆、大丈夫か？」

そうしてエリュシオンが去った後、俺は一息吐きながら皆の方を振り返る。

「ああ、イグザ！」

「うおっ⁉」

すると真っ先にザナが俺の胸に飛び込んできて言った。

「私もうダメみたい……。産まれるわ……」

「な、何が⁉」

びくり、と俺がショックを受けていると、ティルナがザナに半眼《はんがん》を向けて言った。

「ちょっと待って。今一番イグザにぎゅってしてほしいのは鬼の人に襲《おそ》われたわたし。ザナじゃない」

「そうね。でも私だってあの獣《けもの》みたいな男に情欲をぶつけられて死にかけたわ。ならもうイグザに癒《い》やしてもらうしかないでしょう？」

「……確かに。それは一理ある」

「いや、ねえよ⁉　つーか、そもそも情欲をぶつけられるほどのタマじゃねえだろおめえ⁉」

「……はっ？（怒）」

びきっとザナが額《ひたい》に青筋を浮かべる中、「やれやれ……」と嘆息《たんそく》しながらアルカが仲裁《ちゅうさい》に入ってくる。

「イグザの活躍に胸が熱くなったのはわかるが、少しは落ち着け。今は何より聖者たちの情報を整理するのが先だろう?」

「……そうね。それは確かにあなたの言うとおりだわ。ごめんなさい」

不満げではあったものの、ザナがすっと俺から身体を離す。

するとアルカが「わかったのならばいい」とこちらに近づきながら言った。

「あのエリュシオンという男の話が事実であれば、我らはこれから人類の存亡《そんぼう》を懸《か》け、亜人《あじん》の聖者たちと雌雄《しゆう》を決せねばならんということになる。そして恐らくは〝穢れ〟に汚染されているであろう〝終焉《しゅうえん》の女神〟とやらともな」

――ぎゅっ。

「「「……」」」

「だが恐れることは何もない。我らには最愛の夫にして最強の男――イグザがついているのだからな（キリッ）」

「いや、〝（キリッ）〟じゃないですよ……。もっともらしい言葉でザナさまをどかしておいて何をされているのですか、あなたは……」

俺に抱きついたままどや顔で断言するアルカに、半眼のマグメルから突っ込みが入る。

するとアルカは「くっ……」と悔《くや》しそうに顔を顰《しか》めて言った。

「仕方がないのだ……っ。これも全ては正妻の血の定め……っ。許せ、妾《めかけ》たちよ……っ」

「……ねえ、あの自称正妻射《い》っていいかしら？」

「おう、いいぞ。そんでからっからに血抜きしてやろうぜ」

「うん。そうすれば血の定めもなくなる」

「そうですね。じゃあお願いします、ザナさま」

「いやいやいや……」

割と素《す》でアルカを干し物にしようとしている女子たちを、俺はどうどうと宥《なだ》めに入ったのだった。

◇

その後、駄々《だだ》をこねるアルカが強制的に俺から引っ剝《ぱ》がされたのはさておき。

俺たちが無事、里へと帰還《きかん》したことで、ドワーフたちもほっと胸を撫《な》で下ろしているようだった。

ヘスペリオスの時は死者こそいなかったものの、怪我人《けがにん》も結構出たからな。

当然のことだとは思うのだが、皆まだ恐怖が癒えていないのだろう。

「おお、戻ったか。して、どうじゃった？」

ともあれ、工房へと戻ってきた俺たちに、ナザリィさんがいつも通りの様子で尋《たず》ねてくる。

どうやら彼女は俺たちが無事に戻ってくると信じていてくれたらしい。

ありがたい限りだ。

「ええ、なんとか追い返しました。これもナザリィさんの作ってくれたアマテラスソールのおかげです。本当にありがとうございます、ナザリィさん」

俺が深く頭を下げると、ナザリィさんは少々恥《は》ずかしそうに言った。

「う、うむ、まあ役に立ったようで何よりじゃわい。おぬしらの防具ももう少しでできるゆえ、しばし待つがよいぞ」

「ああ」「はい」「おう」「ええ」「うん」

揃《そろ》って頷《うなず》く女子たちに、ナザリィさんも満足そうだ。

「それでじゃ、来訪者どもはどうであった？」

ナザリィさんの問いに、俺たちは先ほど起こった全ての情報を伝える。

すると彼女は腕を組み、「亜人種のみの新世界、か……」と神妙《しんみょう》な顔をしていた。

「つーか、人類の抹殺《まっさつ》なんて本当にできんのかよ？　そんなの女神たちが黙っちゃいねえだろ？　いや、向こうにも終焉のなんちゃらとかいう女神がついてんのかもしんねえけどよ」

「そうね。たとえ一柱《ひとはしら》に限らず女神がついていたとしても現実的とは思えないわ」

「うん。お母さんや人魚たちも皆には凄《すご》く感謝してる。たぶんドワーフにしてもそう。だから亜人たちが皆、人類の滅亡を望んでいるわけじゃないと思う」

「そうですね。むしろ彼らのような一部の強硬派だけではないでしょうか？　あのシャンガルラという者にいたっては、〝ただの暇潰《ひまつぶ》し〟だと仰《おつしや》っていましたし」

「やれやれ、暇潰しで殺されては堪《たま》ったものではないな……」

そう言って肩を竦《すく》めるアルカに、俺も同意する。

「そうだな。だからなんとしても彼らを止めないといけない。そのためにも装備の新調が終わり次第《しだい》、雷の女神――フルガさまのもとに行こう。〝終焉の女神〟とやらが何者なのかも彼女に聞けばわかるかもしれないからな」

「「「「――」」」」

こくり、と頷く女子たちに、俺も大きく頷き返していたのだった。

「はっはっはっはっはっ！」

聖者たちの円卓に響くのは、シャンガルラの嘲笑《ちょうしょう》だった。

「ざまあねえな、エリュシオン！　それでも最強の聖者さまかよ！」

もちろん話題は先の戦闘についてである。

いつも澄《す》ました顔のエリュシオンが救世主にずたぼろにされたと聞き、シャンガルラは笑いが堪《こら》えられなかったのだ。

「何がそんなにおかしい？　小僧《こぞう》の成長が私の想像を遥《はる》かに超えていただけのことだ」

「ああ、そうだな。それで無様《ぶざま》にも獣化までして逃げてきたんだよな？　最強のエリュシオンさまがよぉ！」

「無論だ。私には成すべき目的があるのだからな」

シャンガルラの挑発《ちょうはつ》に淡々《たんたん》と返した後、エリュシオンは「ところで」と続けた。

「そう言うお前も忘れてはいまいな？　たとえあの状態で獣化していたとしても小僧には敵わ

なかったということを」

「ああっ!?　誰が誰に敵わねえって!?」

ばんっ！　と荒々しく円卓を叩《たた》き、シャンガルラがエリュシオンに牙《きば》を向ける。

そんなシャンガルラに対しても、やはりエリュシオンは表情一つ変えずに言った。

「無論、お前が小僧にだ」

「てめえ……っ」

ぎぎぎっ、とシャンガルラが円卓に爪《つめ》を立てていると、「……あら？」と〝盾《たて》〟の聖女――シヴァが姿を現した。

「今日は随分《ずいぶん》と賑《にぎ》やかなのね。何かいいことでもあったのかしら？」

「あっ？　言わなくてもわかってんだろ？　我らの頼れるリーダーさまが尻尾《しっぽ》巻いて逃げてきやがったんだよ」

「あらあら、そうだったわね。でもまあ彼らもどんどん力をつけているし、別におかしくはないんじゃないかしら？　ねえ？　ボレイオスさま」

シヴァの問いかけに、ボレイオスは腕を組んだまま静かに頷《うなず》く。

「そうだな。確かに救世主は言わずもがな、聖女たちの力も想像以上であった。その上、此度《こたび》の一件が一層やつらの糧《かて》となることは必定《ひつじょう》。であればいよいよ獣化なしでは太刀《たち》打ちできぬやもしれん」

「はっ、何を弱気になってやがんだ、デカブツ。どんなに力をつけようが所詮《しょせん》はただの人間じゃねえか」

「その人間に我らは二人がかりで後《おく》れを取った。さらに最強の聖者たるエリュシオン殿もだ。この意味がわからぬ貴様ではあるまい」

そう厳《おごそ》かに告げるボレイオスだったが、シャンガルラは珍《めずら》しく声のトーンを落として言った。

「そっちじゃねえ。俺が言ってんのは女どもの方だ。大体てめえらにはあいつが人間に見えんのかよ？」

「「……」」

沈黙する両者に、シャンガルラは不敵な笑みを浮かべてこう言ったのだった。

「そうだよな。あいつはもう人間なんかじゃねえ。あいつはエリュシオン、てめえが作り出そうとしている〝器《うつわ》〟に相応《ふさわ》しい――ただの化け物だ」

83章　俺の背中は温かい

　聖者たちの襲撃《しゅうげき》から数日後。

　工房内にて、ついに完成した女子たちの新装備がお披露目《ひろめ》されていた。

「おお、これは素晴らしい。うむ、なんだか身体《からだ》も軽くなったように思えるぞ」

「当然じゃ。素材も我らが長年をかけて集めたものを惜《お》しみなく使ったのじゃからのう。レア中のレア素材じゃわい」

「そ、そのようなものを使われて本当によかったのですか？　確かにもの凄《すご》く身体に馴染《なじ》んではいますが……」

　控《ひか》えめなマグメルの問いに、ナザリィさんは「うんむ」と笑顔で頷《うなず》いた。

「わしらドワーフは受けた恩を決して忘れはせん。そのわしらが今おぬしらにそれが必要じゃと判断したのであれば、大盤振る舞いも当然のことじゃろうて」

「ありがとう、ナザリィ。これでわたしたちももっとイグザの力になれる」

「そうね。先日は不覚を取ったけれど、今度はそうはいかないわ」

「おう！　次に会ったらあの牛野郎、こてんぱんに叩《たた》きのめしてやるぜ！」

各々《おのおの》が決意を新たにする中、俺は女子たちを見渡して微笑《ほほえ》む。

「うん、皆凄《すご》くよく似合ってる。もちろん前のも素敵《すてき》だったけれど、今はなんだかとても気力が充実しているように見えるよ」

「ふ、当然だろう？　ティルナも言ったが、口惜《くちお》しくも我らは少々力不足気味だったからな。これで多少なりとも防御《ぼうぎょ》面での弱点が克服されたのだ。ゆえに皆、お前の力になれることを喜ばしく思っているのだよ」

「……そっか。皆、ありがとな」

アルカの言葉に胸を熱くする俺だったのだが、

「ええ、そのとおりです。まあ私《わたくし》は聖神杖《せいじんじょう》がありますので、皆さまよりも頭一つ飛び抜けてはいるのですけれど」

――ちらっ。

「「「……（イラッ）」」」

勝ち誇ったようなマグメルの視線に、残りの女子たちが揃《そろ》って半眼《はんがん》になる。

と。

「はっ、そう言うんだったらさっさとお姫さまを復活させてもらいたかったもんだけどな」

「んなっ⁉」

「うん、わたしもそう思う。おかげで大ピンチだった」

「し、仕方ないじゃないですか⁉　イグザさまの再生術と私の治癒《ちゆ》術はまったくの別物なんですから⁉」

当然、猛反論するマグメルに、オフィールとティルナは顔を見合わせて言う。

「そう言われてもなぁ？　一人だけ聖神器《せいじんぎ》持ちなのになぁ？」

「うん。聖神器持ちなのにねぇ？」

「あ、あなたたち……っ」

ぐぬぬぬぬ……っ、と唇《くちびる》を嚙《か》み締めるマグメルたちの様子を、俺はいつも通りで安心するなあと微笑ましげに眺《なが》めていたのだった。

◇

そうして俺たちはドワーフの皆さんが総出で見送ってくれる中、里を出立《しゅったつ》し、ヒノカミフォームでフルガさまがいるという北の豪雪《ごうせつ》地帯を目指す。

もちろん女子たちは皆、新装備に身を包み済みだ。

てっきり俺も何か新しい防具が手に入るかと思っていたのだが、現状フェニックスローブに勝るものは存在しないらしい。

まあ一応素材的にも最強の装備だからな。

少々残念ではあるけれど、でもナザリィさん曰《いわ》く、このフェニックスローブは俺の成長度合いに応じてスザクフォームのように見た目が変化するらしく、今後新たなフォームが誕生する可能性が大いにあるという。

ならば今よりもさらに強くなって究極のフォームを生み出すしかあるまい。

その力で必ず皆を守ってみせるさ――絶対にな。

俺がそう決意を新たにしていると、ちらほらと降っていた雪がどんどん強くなってくる。

――びゅうううううううううううっ！

それはやがて視界を遮《さえぎ》り、ホワイトアウトするほどの吹雪《ふぶき》へと瞬《また》く間《ま》に成長した。

「まさに豪雪地帯ね。イグザがいなければとっくに遭難《そうなん》していたわ」

「そうだな。しかしさすがは強化された力だ。これほどの結界《けっかい》を一面に張れるとは……」

アルカたちの視線の先にあったのは、ヒノカミフォームとなった俺の周りをぐるりと囲う円形の障壁《しょうへき》だった。

もちろん炎属性の壁のため、吹雪は触れたそばから蒸発しており、中の気温もほどよく暖かい感じだ。

「やっぱりイグザの背中はぽかぽかする。眠くなってきた」

うつ伏せに寝転がりながらもふもふと毛の感触（厳密には炎なのだが）を堪能《たんのう》しているティ

ルナに、オフィールも「だよなぁ……」と同意して大の字になる。

「あったけぇ……。マジでこのまま寝ちまいそうだぜ……ぐー」

「ちょ、オフィールさま!?　というか、イグザさまがお一人で頑張っておられるのに、揃いも揃って寛《くつろ》ぐとは一体どういう了見ですか!?」

「はは、まあ気にしなくていいさ。町に着くまでもう少しかかりそうだし、なんならマグメルも寝てていいぞ」

「えっ？　で、ですが……」

注意した手前、なかなか踏ん切りがつかずにいたようだが、

「ほら、イグザもそう言っているのだ。お前も横になるといい。これはなかなかよいものだぞ」

「ええ。まるで本当にイグザに抱かれているみたいよ」

「で、では……」

アルカたちにもそう促《うなが》され、マグメルもふさりと横になる。

「はあ～……温かいです～……」

彼女はそのまま夢心地に浸《ひた》っていたようなので、俺としても大満足なのであった。

《聖女パーティー》エルマ視点29：あんた、何しに行くつもりよ!?

セレイアと別れ、港町イトルへと戻ってきたあたしたちは、これからどうするかを話し合っていた。

セレイアの話だと、馬鹿《ばか》イグザたちは浄化だかを行うためにラストールへと戻ったらしいのだが、このままではいつまで経《た》っても追いつける気がしやしない。

というか、そもそも向こうは空を飛べるのよ!?

そんなの陸路で追いつけるわけないじゃない!?

不公平よ、不公平!? と内心異議を申し立てるあたしだが、たとえ今馬鹿イグザに追いついたとしてもあいつを見返すことはできないだろう。

だってこっちのパーティー、豚《ぶた》しかいないしね!?

てか、あたしの女神化計画も中途半端極《きわ》まりないし!?

なんなのよ、これ!?

よくよく考えたら全然進んでないじゃない!?

今あたしにできることといえば、赤ちゃんを産むか、誰かに産ませるか、空気でおっぱい膨《ふく》らませることくらいなんですけど!?

意味わかんない!?　と頭痛を覚えそうになりながらも、あたしは努めて冷静に尋《たず》ねる。

「というわけで、あなたの意見も伺《うかが》いたいのですが、今後の旅路についてどう思われますか?」

もうこうなったら豚の意見だろうと参考にするしかないわ!

大いに感謝しなさいよね!

「そうですな、確かに御使《みつか》いさまのことは気になりますが、今までに三柱《みはしら》の女神さま方にお会いしてきましたし、このまま残りの女神さま方のもとへ行くのはどうでしょうか?　そうして全《すべ》ての女神さま方のお力を賜《たまわ》った後、件《くだん》のイグザさまにお会いになられるのがよいのではないかと」

「なるほど。確かにあなたの仰《おつしや》るとおりかもしれませんね」

え、めちゃくちゃまともな意見じゃない!

正直、びっくりしたんですけど!

もしかしてシヌスさまに煩悩《ぼんのう》吸われたおかげで、ちょっとは真人間《まにんげん》に近づいたんじゃないでしょうね?

まあ人間じゃなくて豚なんだけど。

でも確かにあんたの言うことも一理あるわ。

だって女神はまだまだいるんだもの。

そうよ、まだ諦《あきら》めるのは早いわ！

なかなかやるじゃない、豚！　と内心豚を見直していたあたしだったのだが、

「ええ。テラさまにトゥルボーさま、そしてシヌスさまと、皆さま実にけしから……素晴らしい女神さま方ばかりでした。これはもう残りの女神さま方もきっとけしから……素晴らしい女神さま方なのではないかと」

「……」

——おい。

ぐっと拳《こぶし》を握る豚に、あたしは内心、氷点下な視線を向ける。

いいこと？　豚。

あたしはね、今あんたを褒《ほ》めたの。

珍《めずら》しく人間に戻してあげようかと思えるくらい感心したの。

なのにそう、あんたはおっぱいのことしか考えていないのね……。

……。

って、そんなにデカ乳がいいならこれでも見てぶひぶひ言ってなさいよ、この変態巨乳マニア！

ぼんっ！　とあたしは勢い任せに胸部の《柔風緩衝壁《エアバッグ》》を展開させる。

「むむ!? よもやこんな町中《まちなか》で命の危機が!?」

ぼんっ！　と同じく爆乳化する豚。

「……」

「……」

え、何この不毛な時間……。

ふと冷静になったあたしは、目の前で乳をぼんぼんさせながら警戒《けいかい》している豚と、巨乳化している自分の胸元に、死んだような瞳《ひとみ》を向けていたのだった。

84章　雷の女神は女好き？

それからしばらく飛び、俺たちは雪の都――〝エストナ〟へと辿《たど》り着く。

てっきり防寒具を購入しなくてはならないだろうと思っていたのだが、鳳凰紋章《フェニックスシール》のおかげか、普段の装備でも皆、とくに寒くはないらしい。

なので俺たちは早々に宿を取り、情報収集を行った。

住民の話だと、どうやらここから見えるあの霊峰《れいほう》――〝ファルガラ〟の頂《いただき》が、神の座する場として人々の信仰の対象になっているという。

ただそれと同時に不穏《ふおん》な話も聞いた。

なんでもエストナでは年に一度〝都一番の美女を神の生け贄《にえ》として捧《ささ》げている〟というのである。

それだけ聞くと忌《い》むべき風習のようにも思えるのだが、捧げられた者たちは別段殺されたりはせず、皆数カ月から一年以内には解放されているという。

しかもその間の記憶が欠落しているらしく、住民たちも不思議に思っているのだとか。

だがその見返りは大きいようで、神は都の民たちに度々《たびたび》レアな飛竜種《ひりゆう》の死骸《しがい》や鉱石類などを贈り、それらを売ることでエストナの民の生活は守られているらしい。

「ふむ。共生関係と言うには些《いささ》か奇妙な感じだが、それは本当に雷の女神の仕業《しわざ》なのか？」

「ええ、私《わたくし》も少々懐疑《かいぎ》的です。そもそもフルガさまは女神……つまりは〝女性〟です。美女の生け贄《しょもう》を所望するとは思えません」

そう首を横に振るマグメルだが、オフィールの意見は違ったらしい。

「そうかぁ？　単に〝女好き〟なだけだろ？」

「いや、女好きって……」

はあ……、と呆《あき》れたように嘆息《たんそく》するマグメルだが、確かにトゥルボーさまも子ども好きだったし、そういう貞操《ていそう》観念に緩《ゆる》い女神がいたとしてもおかしくはないのかもしれない。

まあ〝男を食い散らかしている〟とか言われるよりは全然マシだしな。

それだとなんか凄《すご》いイメージ下がるっていうか……。

「ただ〝女好き〟と言われると皆を連れて行くのは些か気が引けるな。変に気に入られても困るし」

「あら、やきもち？　ふふ、でも心配しなくていいわ。たとえどんなことがあっても私はあなただけのものだもの」

そう言ってザナが俺に寄り添ってこようとしたのだが、

――ぐいっ。

「あら？」

「ザナさま、そういう抜け駆けはよくないと思います」

直前でマグメルが間に入ってきて半眼《はんがん》を向ける。

が。

「ふふ、でももう遅いみたいよ？」

「えっ？」

ザナの視線を追った先にマグメルが見たのは、ほかの三人にぐいぐい迫られている俺の姿だった。

「わたしもずっとイグザと一緒」

「うむ、私もだ。だから存分《ぞんぶん》に可愛《かわい》がってくれ」

「ほれほれ、どうだあたしの爆乳は。最高に癒《い》されんだろ？」

「む、むぎゅ～……」

右腕にティルナ、左腕にアルカ、前からはオフィールと、まさに完全武装状態であった。

「そして私は後ろからぎゅってね」

――ぎゅうっ。

「ちょ、何をしているのですかあなたたちは!?　そ、そんなのずるいです!?　私も交ぜてください～!?」

というような感じで、俺はさらにぎゅうぎゅう詰めにされてしまったのだった。

◇

そうして夕食を終え、いつも通りお嫁さんたちの夜のお相手をするべく、まずは順番通りオフィールとベッドに入ろうとしたのだが、その直前に珍《めずら》しく彼女がこんなことを言ってきた。

「……なあ、今日はその、する前にちょっち甘えてえなぁって……」

「ああ、わかったよ。じゃあ……ほら」

「へへっ……」

――ぼふっ。

嬉《うれ》しそうに胸元に飛び込んできたオフィールを、俺はぎゅっと優しく抱き締める。

とても、いい匂《にお》いがした。

彼女は快活《かいかつ》な性格のせいか、甘えさせてくれることはあってもこうやって甘えてくることはほとんどなかったのだが、どうやら今日はそういう気分らしい。

すりすりと無言で顔を擦《こす》りつけてくるオフィールに、俺は静かに尋《たず》ねた。

「でもいきなりどうしたんだ？　もしかしていつも我慢《がまん》してたとか？」

「いや、別にそういうわけじゃねんだけどよ……。その、なんだ……。日中あんたの背中で寝てた時にふと思い出しちまってさ……。牛のおっさんから助けられた時、あんたあたしのことをまるで普通の女のように抱えてくれただろ……？」

「ああ、そういえばそうだったな」

あの時は彼女を助けたい一心だったからな。

意図したわけではないのだけれど、結果的にお姫さま抱っこになっていたのは事実だ。

「もちろんすんげえ嬉しかったんだぜ……？　でもほら、あたしそういうの柄《がら》に合わねえっていうかさ……。身体《からだ》だって嫁ん中で一番ごついしよ……」

「いや、そんなことはないよ。確かによく鍛《きた》えられたいい身体をしているけど、普段の君はこのとおりとても柔らかくて可愛い普通の女の子だよ」

「……じゃあその、あたしがほかのやつらのように甘えても引いたりしねえか……？」

「当たり前だろ？　というか、やっぱり我慢してたんじゃないか」

俺がそう微笑《ほほえ》みかけると、オフィールは顔を真っ赤にして言った。

「しょ、しょうがねえだろ!?　あたしはどっちかっつーと面倒《めんどう》を見る側だったんだからよ!?　それにキャラ的にかっこがつかねえじゃねえか!?」

「はは、そっか。そうだよな。ならこれからはいっぱい俺に甘えてくれ。俺はもっと君の可愛い姿が見たい」

「～っ⁉」

ぼんっ、と顔をさらに茹《ゆ》で上がらせ、オフィールが再び俺に体重を預けてくる。

そして「……馬鹿《ばか》」と一言そう呟《つぶや》いたかと思うと、

「んっ……」

俺たちはどちらからともなく口づけを交わしたのだった。

◇

「ん、あっ……好き、好き……イグザぁ……っ」

淫靡《いんび》な雌《メス》の香りが甘く漂う室内で、俺たちはいつも以上に深く交わり合っていた。

まだたどたどしさはあったものの、自分に素直になったオフィールは本当に少女のように甘えてきて、正直めちゃくちゃ可愛かった。

何せ、あの男勝りな彼女が猫撫《ねこな》で声でおねだりしてくるのである。

おかげでそのギャップに完全にやられた俺は、もう堪《たま》らなくなってしまったというわけだ。

「ひあっ⁉　そ、そこダメ……イクっ……ああっ♡」

いつもの豪快で激しい性交とは違い、俺たちは対面で抱き合い、互いの温《ぬく》もりを感じ合うように腰を動かし続ける。

《完全強化《イスラ》》の力にも大分慣れてきたので、夜の王スキルの効力もそこそこに、今宵《こよい》は身体よりも心を満足させる方に心血を注ぐ。

確かに最近は全員を満足させることにばかり注意が向き、とにかく気持ちよくさせることにこだわりすぎていたからな。

決して心の方を疎《おろそ》かにしていたわけではないのだが、些か独《ひと》りよがりだったかもしれない。

「はぁ……んっ、あ……んっ……あ、あたしまたイ、ク……」

とはいえ、もちろん身体の方もきちんと満足させるつもりだ。

「あっ……ま、待って……今そんなに吸われたら……ああああああああああああああっ♡」

限界まで充血していた乳首にむしゃぶりつき、一気に吸い上げる。

その瞬間、オフィールの蜜壺《みつつぼ》がきゅっと締まり、彼女は背を反らしながらがくがくと身体を痙攣《けいれん》させた。

同時にぷしゃっと俺の下腹部を濡《ぬ》らしたのは、ぬるま湯のような温もりを持つ透明の液体だった。

これももう何度目かもわからない。

絶えず滴《したた》る愛蜜《あいみつ》とその液体、そして注ぎすぎて密壺から溢《あふ》れ出した俺の精が交じり合い、シーツにはいつも以上に大きなシミが広がっていた。

「……はあ、はあ……んっ……ちゅっ……」

だがまだ終わらず、オフィールが唇《くちびる》を重ねてくる。

そのまま顔を擦りつけるようにして甘えてくるオフィールの頭を優しく撫《な》でながら、俺は彼女に言った。

「なんか今日の君は猫みたいで凄く可愛いよ。思わず愛《め》でたくなる」

「へへ、じゃあいっぱいなでなでしてほしいにゃん……。オフィールにゃんは構ってくれないと寂《さび》しくて死んじゃうにゃん……。だからいーっぱいちゅーしてほしいにゃー……んげえっ⁉」

「……んげえ？」

突如潰《とつじょつぶ》れたカエルのような悲鳴を上げたオフィールに、一体どうしたのかと小首を傾《かし》げる俺だったが、その理由はすぐに判明した。

「「「「……」」」」

そう、見られていたのである。

いつからそこにいたのかはわからないが、女子たちがドアのところで愕然《がくぜん》とした顔で固まっていたのだ。

恐らくはいつもより時間がかかっているので、いい加減痺《しび》れを切らしたのだろう。

あとがつかえているのだと文句を言いに来てみたら、まさかのにゃんにゃん中だったというわけである。

当然、互いに固まること数秒ほど。

アルカが真っ青な顔のまま言った。

「そ、その、なんだ……。わ、私たちは何も見ていないから気にせず続けてくれ、オフィールにゃん……」

「いや、思いっきり見てるじゃねえか!? って、ちげえんだ!? こ、これには深いわけがあってだな!?」

「と、とりあえず落ち着いてください、ニャフィールさま……」

「誰がニャフィールさまだ!? まずはおめえが落ち着けよ!?」

「ねえ、どうしてオフィールはにゃんにゃん言ってたの？」

「しっ、見ちゃいけないわ。世の中にはね、知らない方がいいことがたくさんあるの。ほら、あなたたちも行きましょう」

「おいーっ!?」

「そ、そうだな……。きょ、今日はあいつに譲《ゆず》ってやった方がいいかもしれん……。うむ……。な、なんなら三日ほどお前を正妻にしてやろうか……？ （おろおろ）」

「気を遣《つか》うな!? あたしは別に疲れてるわけじゃねえよ!?」

そう必死に弁解するものの、女子たちにはまったく信じてもらえず、オフィールは「あーもうぜってぇやんねぇ!?　あたしは誰にも甘えずに生きていくんだあ～!?」とフラグっぽくふて腐れていたのだった。

◇

と、そんなハプニングもありつつ、俺たちは明朝、ファルガラの頂へと向かう。

テラさまからも〝一番最後にした方がいい〟と言われている上、フルガさまは〝破壊〟を司《つかさど》る女神さまだからな。

万が一のことを考えて個人的には一人で行きたかったのだが、もしフルガさまが本当に女好きであるのなら、自分たちが行った方がむしろご機嫌が取れるのではないかという話になり、結局フルメンバーで彼女のもとを訪れることになっていた。

そのおかげかどうかはわからないが、昨日の大荒れが嘘《うそ》のように空は澄《す》み切っており、俺たちはとくになんのトラブルに見舞われることもなく頂へと到着する。

そこは一面、白銀の世界であった。

「イグザさま、あれを」

「おっ？」

恐らくは生け贄用であろう祭壇を発見した俺たちは、その近くへと降り立つ。

当然、周囲に人の気配はまるでなく、魔物一匹の姿すら見つけることはできなかった。

「よし、じゃあさっそく呼びかけてみるか」

そう頷《うなず》き、俺は声を張り上げてフルガさまを呼び出す。

「フルガさまー！　聞こえていたらお返事をお願いします！　フルガさまー！」

——ごろごろっ。

「「「「！」」」」

予兆はすぐに現れた。

あれだけ晴れ渡っていた空が急激に雷雲に包まれ始めたのだ。

と。

——ごろごろぴしゃーんっ！

「きゃあっ!?」

——ぎゅむっ。

「おい、どさくさに紛《まぎ》れてイグザに抱きつくな」

「し、仕方ないじゃないですか!?　私、雷苦手なんですから!?」

——ぴしゃーんっ！

「きゃあっ!?」

——ぎゅう〜。

「「「……」」」

すると、何故《なぜ》かほかの女子たちもぞろぞろと俺に近づいてきた。

「あー、実はあたしも雷苦手だったわ」

「そうね。本当は私も得意じゃなかったの」

「うん。だってわたし人魚だし」

「やれやれ、雷というのは恐ろしいものだな」

「いや、あなたたちは全然平気だったじゃないですか⁉」

「あの、皆……？」

今めちゃくちゃフルガさま呼び出してる最中なんだけど……。

俺がそう小さく嘆息していると、

「――このオレを前に女を侍《はべ》らせるとはいい度胸《どきょう》だな、人間ッ！」

「「「「――っ⁉」」」」

突如辺《あた》りに女性のものと思《おぼ》しき怒号《どごう》が響き渡り、雷鳴とともに一柱《ひとはしら》の女神が姿を現したのだった。

85章　女神はアルカがお気に入り

彼女は強気な笑みを浮かべながら俺たちを見下ろしていた。

神秘的なランスを肩に担《かつ》ぎ、ばちばちと全身に蒼雷《そうらい》を走らせる金色の髪の美女。

〝雷〟と〝破壊〟を司《つかさど》る女神――〝フルガ〟さまである。

雰囲気《ふんいき》的にはオフィールに近いかもしれない。

恰好《かっこう》も彼女同様やたらと薄着だし、肌《はだ》も健康的な淡褐色《たんかっしょく》だ。

「で、わざわざこのオレを呼び出したのは女の自慢をするためか？　ええ？」

「あ、いえ、別にそういうわけではなく……」

まさか皆が俺にくっついてる時に現れようとは……。

美女でご機嫌を取ろう作戦大失敗である。

なので俺はこれ以上フルガさまを刺激しないよう、女子たちよりも一歩前に出て言った。

「俺たちは世界に安寧《あんねい》をもたらすために旅をしている者たちです。今日はフルガさまにお話があって足を運ばせていただきました」

「なるほど。で、手土産《てみやげ》がそこの女どもってわけか」

にやり、と舐《な》め回すような視線を女子たちに向けるフルガさまに、俺は首を横に振る。

「いえ、彼女たちは――」

と。

「――はい、そのとおりです。あなたさまが美女を好むと聞き、選《え》りすぐりの者たちを集めました」

「えっ？」

突如《とつじょ》マグメルがそんなことを言い出し、俺は目を丸くする。

だがほかの女子たちはまったく驚く素振りを見せず、マグメルの言葉に無言で耳を傾け続けていた。

どうやら頓挫《とんざ》しかけていた美女作戦を続行するつもりらしい。

大丈夫なのだろうかと心配する中、フルガさまが地上に降り立ち、こちらへと近づいてくる。

「――うっ!?」

そしてマグメルの顎《あご》をくいっと持ち上げ、その顔を覗《のぞ》き込んだ。

「ああ、確かに悪くねえな」

それはマグメルだけに留まらず、残りの女子たちも同じように値踏《ねぶ》みする。最中《さなか》、フルガさまはアルカの前で立ち止まって言った。

「とくにお前はいい。オレはお前みたいに芯《しん》の強そうな女が大好物でな」

「それはお褒《ほ》めに預かり光栄だ、雷の女神よ」

そう余裕の笑みを見せるアルカに、フルガさまもまた口元を大きく歪《ゆが》ませる。

しかし彼女はすっとアルカの顎から手を放すと、不敵な笑みを浮かべたまま言った。

「だがな、お前たちからはこの男の匂《にお》いがぷんぷんしやがる。それどころか身体《からだ》の中からもこの男の気配を感じる。元はイグニフェルの力だったんだろうが、途中で変質しやがったんだろうよ。そんな女なんざ抱けやしねえな」

「ですって。残念だったわね、アルカディア」

そう肩を竦《すく》めるザナに、アルカは「いや、お前もだろ……」と半眼《はんがん》を向けて言った。

「少なくとも私たちは全員フルガさまのお眼鏡《めがね》には適《かな》わなかったというわけだ」

と。


「——いや、そうでもねえぞ」

ふいにフルガさまが首を横に振り、

「――むっ⁉」

「「「「「！」」」」」

ぐいっとアルカの腰を抱き寄せて言った。

「確かに男くせえが、オレはお前が気に入った。だからお前がオレの女になるってんなら話ぐらいは聞いてやってもいいぜ？」

「いや、さすがにそれは……」

「何、心配すんな。オレは飽《あ》きっぽい性格だからな。一年も楽しんだら返してやるよ。もちろんそん時は記憶も消しといてやるから安心しろ。まあ多少は身体が敏感になってるかもしれねえが、それはそれで楽しめんだろ？」

そう言っていやらしい笑みを浮かべるフルガさまを、しかしアルカは鼻で笑う。

「ふ、期待をさせて申し訳ないが、私にはイグザの〝鳳凰紋章《フェニックスシール》〟があるのでな。籠絡《ろうらく》などはされんぞ」

「ああ、その腹の印《しるし》のことか。確かにそいつで深く繋《つな》がっている以上、お前の心をどうこうすることは難しいだろうよ。だがな、オレのはそういう類《たぐい》のものじゃねえんだよ」

「……何？」

訝《いぶか》しげに眉根《まゆね》を寄せるアルカの胸元に、フルガさまが人差し指を近づける。

するとの瞬間。

——ばちっ！

「——がっ⁉」

「「「「——っ⁉」」」」

アルカの身体を一瞬だけ雷撃《らいげき》が襲《おそ》ったかと思うと、彼女は急に呼吸を荒くし、赤い顔で自身の身体を抱き始めたではないか。

まるでそう、はじめてヘスペリオスに魅了された時のように。

「き、貴様、私の身体に何をした……⁉」

「何、少し気持ちよくさせてやっただけだ。快楽ってのは電気信号だからな。雷の神であるオレにかかればこんなもんだ。心はイジれねえ——が、身体はどうとでもできる。さあて、お前がいつまでオレの責めに耐えられるか見物だな」

「くっ……」

「で、どうする？　女を差し出すか？」

フルガさまの問いに、俺は即答した。

「いいえ、その条件は受けられません。アルカは俺の女です。いや、アルカだけじゃない。マグメルも、オフィールも、ザナも、ティルナも、皆俺の大事な嫁です。あなたに差し出すわけに

「クックックッ、そうだろうな。だがいいのか？　お前たちはオレに用があってわざわざこんなところまで来たんだろ？　なのにこのまますごすご帰るってのか？」

「まさか。フルガさまにはきちんと俺たちの話を聞いてもらいます」

「へえ？　どうやって？」

そう挑発《ちようはつ》的な視線を向けてくるフルガさまに、俺はスザクフォームへと変身して言ったのだった。

「もちろん力尽《ちからず》くでです。あなたもそっちの方がお好きなのでは？」

「クックックッ、そうだな。お前はなかなかわかってる男だ。――いいぜ。ならかかってこいよ、人間ッ！　てめえに〝神の力〟ってもんを存分《ぞんぶん》に味わわせてやるぜッ！」

86章　雷の破壊神

「はっはっはっ！　どうした、人間！　守ってるだけじゃオレは倒せねえぞ！」

雷光の如《ごと》く空を自在に翔《かけ》るフルガさまの姿をなんとか捉《とら》えようと、俺は必死に彼女の動きを読む。

だがさすがは雷の女神――移動速度が速すぎて、とても目で追えるようなものではなかった。

ならばとカウンターで迎え撃とうとするも、

「――〝紫獅帰閃《ギガエクレール》〟ッッ!!」

――どしゃーんっ！

「ぐわあああああああああっ!?」

稲妻《いなずま》の如く降り注ぐ回避不能の雷撃《らいげき》術を遠距離から放たれ、俺は為《な》す術《すべ》もなく彼女の攻撃を受ける。

それだけならまだ再生力任せに反撃に転じられたのかもしれないが、

「傷の治りが遅い……？」

そう、強化されているはずの再生力がほとんど封じられていたのである。

一体どういうことなのかと困惑《こんわく》する俺に、フルガさまは腰に手をあて、笑みを浮かべながら言った。

「お前、トゥルボーと戦ってないだろ？」

「えっ？」

「あいつと戦っていたら気づくはずだ。イグニフェルの再生が万能《ばんのう》じゃねえってことにな」

「それは、どういう意味ですか……？」

訝《いぶか》しげに問う俺に、やはりフルガさまは余裕の表情で答える。

「神の力ってのは基本的に〝等価〟だ。たとえイグニフェルの力でどれだけ再生力を上げようが、トゥルボーならそいつを打ち消すことができる。そりゃそうだろ？　あいつは〝死〟の神なんだからな」

「……」

「で、オレは〝破壊〟の神だ。オレの力は文字通りありとあらゆるものを破壊する。たとえばそう――お前の〝再生力〟とかもな」

「俺の、再生力を……っ!?」

驚く俺に、しかしフルガさまは残念そうに言った。

「だがお前が持っているのはイグニフェルの力だけじゃねえ。テラにトゥルボー、そしてシヌスの力も混ざってやがる。だから完全に破壊するのは無理だ。せいぜい一時的に効力を弱める程度のものだろうさ。よかったな、先にあいつらの力をもらっといてよ」

「……ええ、そう思います」

なるほど。

だからテラさまはフルガさまを最後にしろと言ったのだろう。

彼女の力に対抗するためには、ほかの女神たちの力を合わせるしかないことがわかっていたからだ。

だがそれでも戦況が不利なことに変わりはない。

再生力任せの特攻は難しいし、《完全強化《イスラ》》を得たスザクフォームですら彼女の速度に追いつくこともできない上、しかもその術技《じゅつぎ》は追尾《ついび》式なのか回避不能ときた。

さて、どうする。

これは思った以上の難敵だ。

「どうした？　打つ手なしか？　オレはまだ一撃も食らってねえぞ？」

そう不敵に笑うフルガさまに、俺は一つある手を試してみることにした。

彼女の性格ならば意外と原始的な手の方が通じる気がしたからだ。

ゆえに俺はこれ見よがしに嘆息《たんそく》して言った。

「それはあなたが俺を怖がって近づかないからでしょう?」

「……何?」

ぴくり、とフルガさまの笑みが止まる。

だが俺は気にせず肩を竦《すく》めて言う。

「でもまあ確かに俺は炎の塊《かたまり》みたいなものですからね。いくら女神さまとはいえ、恐怖を覚えるのも無理はないと思います。たとえばほら――」

ごうっ！　と俺は自身を《原初滅却の焔《プロメテウスエクスキユーション》》で覆《おお》おうとする。

「こうやって防御《ぼうぎょ》姿勢に入られたらどうしようもないでしょう?　こいつはヒヒイロカネを生成する際に使った術技ですが、こんな灼熱《しゃくねつ》の炎になんて、たとえ女神さまだろうと怖くて飛び込めませんからね」

と。

「てめえ、オレを侮辱《ぶじょく》するのもいい加減にしろよッ！　このオレに怖いもんなんざあるわきゃねえだろうがッ！」

――ぴしゃーんっ！

よほど頭にきたのか、フルガさまがいきり立って突っ込んでくる。

「──〝原初滅却の焔《プロメテウスエクスキューション》〟ッッ!!」


──ごごうっ！

なので俺も完全に《原初滅却の焔《プロメテウスエクスキューション》》を発動させたのだが、

「しゃらくせえッ！」

──どばんっ！

「！」

フルガさまは灼熱の壁をぶち破って俺に肉薄してきた。

さすがは〝破壊〟を司《つかさど》る女神さまだ。

エリュシオンは空間を斬《き》り裂かなければ脱出できなかったが、彼女にかかればランスの一撃だけで壁に大穴が開いていた。

「おらあッ！」

ずしゃっ！　とそのままランスが俺の胴を貫《つらぬ》く。

「どうだッ！　思い知ったか、この粗《そ》チン野郎ッ！」

フルガさまが勝ち誇ったように俺を罵《ば》倒《とう》してくる。

この灼熱の檻《おり》の中でもぴんぴんしていられるのは、彼女が防御用の雷を纏《まと》っているからだろうか。

いや、そもそも神は不滅ゆえ、攻撃自体無意味なのか……。

どちらにせよ――〝作戦通り〟であった。

――がしっ！

「……あっ？」

フルガさまを強引に抱き寄せた俺に、彼女はククッと挑発的《ちょうはつ》に笑って言った。

「まさか捕まえりゃなんとかなるとでも思ったのか？　てめえが〝炎の塊〟ならオレは〝雷の塊〟だぜ？　ほら、こんな感じでよおッ！」

――ぴしゃーんっ！

「ぐあああああああああっ⁉」

蒼雷《そうらい》が全身を駆け巡《めぐ》り、思わず意識が飛びそうになる中、俺はぐっと歯を食い縛《しば》り、彼女の一撃を耐え忍ぶ。

確かに捕まえただけでなんとかなるとは思っていない。

だが捕まえなければ取れない手だってある。

ゆえに俺は右腕に籠手《こて》を纏い、ゼロ距離での掌打《しょうだ》を彼女の鳩尾《みぞおち》に打ち込もうとしたのだが、

――さわっ。

「ひゃうんっ⁉」

「……えっ？」

突如《とつじょ》フルガさまが可愛《かわい》らしい声を上げ、思わず目を丸くしてしまった。

そんな中、フルガさまが真っ赤な顔で俺を睨《にら》みつけてくる。

「て、てめえ、どこ触ってやがる⁉」

「え、あ、いや……」

たまたま抱き寄せる手に力が入ってしまっただけなのだが……。

でもこの反応はまさかと思い、俺は《完全強化《イスラ》》を全開にした夜の王スキルで再度彼女の臀《でん》部《ぶ》を撫《な》でてみる。

「――ふわっ⁉　ちょ、や、やめ……っ」

「……」

――間違いない。

彼女、責めるのは得意だが責められるのはめちゃくちゃ苦手らしい。

だが考えてみれば当然だろう。

女神に逆らうことなどできない以上、今まで自分の思い通りに美女たちと愉《たの》しみ続けてきたのだから。

奉仕《ほうし》させることはあっても責められたことなど一度もないはずだ。

であればこれは最大の好機！　……なのだが、ここから彼女を殴るのは些《いささ》か気が引けてしまう。

だって……。

「そ、そこはダメぇ……」

「……っ」

なんでそんな可愛くなっちゃってんだよ!?

てか、熱っぽい顔でこっち見ないでくれよ!?

いつの間にかランスも消えてるし!?

はあ、はあ……、と熱い吐息《といき》を続けるフルガさまに、俺はもう覚悟を決めるしかないのではと思い始める。

先ほどのような戦闘状態ならまだしも、今の彼女に手を上げることはさすがの俺にもできはしない。

である以上、ここからフルガさまを傷つけず、かつなるべく満足させた状態で争いを終わらせるためにはもうこの手しかない。

〝押しに弱い相手には少々強引に行った方がいい〟というアルカの言葉が、まさかこんなところで再び役に立つことになろうとは……。

はあ……、と嘆息しつつも、俺は「ええいままよ！」と覚悟を決める。

そして。

「お、おい、いい加減に……んんっ⁉」

俺はそのままフルガさまの唇《くちびる》を奪ったのだった。

豚《ぶた》の意見を参考に残りの女神たちのもとを訪れることにしたあたしたちは、まずはじめに火山島マルグリドのヒノカミさまにもう一度会いに行くことにしていた。

というのも、以前はヒノカミさまの御使《みつか》い――つまりは馬鹿《ばか》イグザを求めて訪れていたので、ヒノカミさま本人には直接会っていなかったからだ。

だがあれから各所を巡《めぐ》り、テラさまにトゥルボーさま、そしてシヌスさまなどの女神さま方がいるとわかった以上、マルグリドにも火の女神さまがいるのは間違いないだろう。

ゆえにあたしたちはそのお力を賜《たまわ》るため、今一度きちんと火の女神さまに会いに行くことにしたのである。

もちろんそれが終わったら最後は雷の女神さまだ。

さすがに五柱《いつはしら》の女神の力を授かれば、あたしの女神化計画も完成するだろうしね。

――ぶおーっ！

というわけで、あたしたちはもう使われなくなっていた小舟を漁師の方に譲《ゆず》っていただいた後、シヌスさまから賜った水属性の術技《じゅつぎ》を用いて海の上を颯爽《さっそう》と駆け続けていた。

陸路ではマルグリドまで多大な時間がかかるため、海を一気に突っ切ろうと考えたのだ。

しかしさすがは水の女神さま直々《じきじき》の術技である。

ぼろぼろの小舟なのに速度は最新鋭船の数倍だ。

「いやはや、これならマルグリドまで数刻で着けそうですな」

「そうですね。二度手間《にどでま》にはなってしまいましたが、これまでの旅路で多くのことを学ぶことができましたし、きっと全《すべ》てが意味のあることだったのでしょう」

「ええ、仰《おっしゃ》るとおりだと思います」

てか、そうとでも思わないとやってらんないわよ!?

ほとんど豚のお世話係みたいなもんだったし!?

まったく冗談じゃないわ!?　とあたしが内心不満をぶち撒《ま》けていた時のことだ。

「――ところで聖女さまには〝幼馴染《おさななじ》み〟の方とかはいらっしゃったりしますか?」

「――っ!?」

ふいに豚がそんなことを言い出し、あたしは思わずドキッとしてしまった。

何故《なぜ》このタイミングでそれを聞いたのだろうか。

まさかイグザがあたしの幼馴染みだってバレた……？

確かにセレイアとの会話で〝昔一緒に旅をしていた〟とは言ったけれど……。

でもあの時豚気絶してたし……。

色々と複雑な感情が渦《うず》を巻く中、あたしは努めて平静を装って言った。

「……幼馴染み、ですか？　ええ、まあ……」

すると、豚は嬉《うれ》しそうに笑って言った。

「おお、そうでしたか。実は私にも一人おりまして、昔はよく互いの腕を競い合っていたのですが……はっはっはっ、彼女にはただの一度も勝てませんでしたよ」

「まあそうだったのですね。手先が器用なあなたがそこまで仰るのですから、何かよほどの才に恵まれた方だったのでしょう」

「ええ、それもありますが、彼女は何より努力家でしたからね。なので私も彼女に負けまいと努力を重ね、今にいたるというわけです」

「そ、そうですか」

いや、重ねたのは努力じゃなくてお腹《なか》のお肉でしょ……。

何言ってんの、この豚……、とあたしは内心半眼《はんがん》を向けつつ、豚に問う。

「しかし何故いきなりそのようなお話を？」

「ああ、すみません。実はこの航路で進み続けていたら、マルグリドのあとに里の近くを通りそうだなと思いまして」

「ああ、なるほど。そういうことでしたか。ではせっかくですし、一度お顔を見せに伺《うかが》いますか？」

あたしがそう促《うなが》すも、豚は「いえ」と首を横に振って言った。

「今は大事な旅の途中ですし、きっと元気にやっていると信じています。聖女さまにしてもそうだとは思いますが、幼馴染みは友人というよりも、むしろ〝家族〟のようなものですからね。お互い大切にしていきたいものですな」

はっはっはっ！　と鷹揚《おうよう》に笑う豚に微笑《ほほえ》みを返しつつ、あたしは内心ぽつりと彼の言葉を思い返していたのだった。

幼馴染みは家族のようなもの、かぁ……。

そんなこと考えたこともなかったな……。

未《いま》だ空で燃え盛り続けている太陽の如《ごと》き球体を、アルカディアたちは心配そうに見据《みす》えていた。

一時はどうなることかと思ったアルカディアの身体《からだ》も、マグメルの治療によりすっかり回復し、五人は揃《そろ》って灼熱《しゃくねつ》の檻《おり》を見上げる。

一体あの中でどのような熾烈《しれつ》な争いが巻き起こっているのだろうか。

それを知る手立てを彼女たちは持ち合わせてはいなかったが、しかしイグザが優勢なのは理解できた。

というのも、時折フルガの苦痛に喘《あえ》ぐような声が聞こえていたからだ。

ならば恐らくはイグザが戦いの主導権を握っているのだろう。

アルカディアたちはそう確信していたのだが、ふとザナがこんなことを言い出し始めた。

「ねえ、たぶん私の気のせいだとは思うのだけれど……フルガさまの声、さっきよりも高くなってない？」

「えっ？　まあ確かに言われてみれば少々高くなっている気はしますが……」

「そりゃあんな地獄みてえなところにいるんだぜ？　いくら神さまだろうとへばってくんのは当たり前だろ？」

「ええ、私もそうじゃないかとは思っているのだけれど……」

ちらり、とザナはアルカディアとオフィールに視線を向ける。

「む、なんだ？　言いたいことがあるならはっきり言え」

「そうだぜ？　仲間内で隠し事はねえだろ？」

当然、不快感をあらわにする両者に、ザナは少々言いづらそうに言った。

「……その、似てるのよね。あなたたちが彼に抱かれている時の声の移り変わりに……」

「「……」」

それを聞き、二人は揃って両目を瞬《しばた》かせた後、互いを見やってから同時に声を張り上げた。

「「はあっ!?」」

「つまりどういうこと？　あの中で二人は今まさにお取り込み中？」

「そ、そんなことあるはずないじゃありませんか!?　だ、大体フルガさまは女性好きの女神さまなんですよ!?　さっきだって私たちのことを〝男臭いから抱けない〟って散々《さんざん》仰《おつしや》っていましたし!?」

「ええ、だから念のためにちょっと皆で耳を澄《す》ませてみるのはどうかしら？」

「「「――」」」

こくり、とザナの言葉に一同は無言で頷《うなず》き、静かに耳を傾け始める。

と。

『……あっ♡　あっ♡　あっ♡　ああああああああああああああああああっ♡』

「「「……」」」

完全にギルティであった。

◇

その少し前のこと。

俺はフルガさまの唇《くちびる》を奪ったまま、彼女の引き締まった身体を両腕でぎゅっと抱き、ボトムの隙間《すきま》から滑り込ませた左手で臀部《でんぶ》への愛撫《あいぶ》を続けていた。

「んっ、んっ、んっ、んんーっ!?」

そして身を捩《よじ》らせ、快楽に身悶《みもだ》えするフルガさまの反応から俺はあることに気づく。

「……っぷはあ!?　て、てめえ、調子に乗るのもいい加減に……いひぃ!?」

ぬぷっと俺の指が彼女の秘所へと沈み込む。

「や、やめっ……そ、そこは本当に……あっ⁉」

だが秘所とは言っても蜜壺《みつつぼ》の方ではない。

いわゆる不浄の穴——そう、〝後ろ〟の秘所である。

どうやらフルガさまはお尻《しり》全般——とくに後ろの秘所が極端に弱いらしい。

俺の指がすんなり入ったのも、お尻への刺激だけで愛蜜《あいみつ》が溢《あふ》れてしまったからだ。

「ん、あっ……な、なんでこんな……き、きもちいい……ふわあっ⁉」

びくんっ、と背筋《せすじ》を反らし、フルガさまが俺に体重を預けてくる。

恐らくは達してしまったのだろう。

まだ愛撫を始めたばかりなのだが、すでに自力で飛ぶ余裕すら失っているようだった。

ならばこの檻はもう必要あるまい。

とはいえ、今の状況で全《すべ》てを解いてしまうと強気なフルガさまに恥《はじ》を掻《か》かせてしまうかもしれないからな。

なので俺は《原初滅却の焔《プロメテウスエクスキユーション》》に似せた結界《けっかい》と入れ替えることにした。

「——〝《神纏《グランド》》鏡面楼界《ミラージュキューブ》〟」

――ぐわんっ。

周囲の景色が一瞬揺れたかと思うと、視界いっぱいに広がっていた炎が薄れるように雪へと変わっていき、フルガさまの祭壇が姿を現す。

もちろんこれらは本物ではない。

本当の祭壇は遙《はる》か下方に存在し、俺たちは今も灼熱の檻の中にいるように見えているはずだ。

結界内を見覚えのある風景にしたのは、その方がフルガさまも落ち着けるのではないかと考えての判断である。

「フルガさま、あなたは凄《すご》く可愛《かわい》いです」

「や、やめろ……。オレを見るなぁ……」

ともあれ、祭壇に寝かせたフルガさまが恥《は》ずかしそうに顔を両腕で覆《おお》う。

どうやら達したばかりでまだ足腰に力が入らないようだ。

ならばここはもう攻めるしかあるまい。

「嫌だったら遠慮なく俺を突き飛ばしてください。あなたを傷つけるつもりはありませんので」

「ふ、ふざけんな……っ。こ、このオレがてめえみてえな粗《そ》チン野郎になんざ負けるわけねえだろうが……っ」

「わかりました。なら――」

「ふああっ!?」

その豊かな乳房を揉《も》みしだきつつ、俺はフルガさまの首筋に唇を這《は》わせる。

彼女の肌《はだ》はしっとりと汗《あせ》ばんでおり、下着の上からでも乳首が充血しているのがわかった。

「く、ふぅ……あっ……」

ゆえに俺は指の腹で擦《こす》るようにそれを刺激しながら、徐々《じょじょ》に頭の位置を下げていく。

「んああっ!?」

そして上着をずらし、俺はフルガさまの乳首にむしゃぶりついた。

その瞬間、彼女の身体が弓なりに反ったが、俺は気にせずそれを堪能《たんのう》する。

「ちょ、ちょっと待っ……ああああああああああああっ!?」

だがもちろん俺だけが愉《たの》しんでいるわけではない。

ぐちゅり、と淫靡《いんび》な水音を響かせる蜜壺にも指を沈ませ、もっとも敏感な突起《とっき》ともども快感を与える。

余談だが、今の俺は女神さまたちと同じく、基本的に湯浴《ゆあ》みをせずとも全身を清浄な状態に保つことができる。

ゆえにたとえ〝不浄〟と呼ばれる場所に指を入れたとしても、ごうっと一瞬で清浄な状態にすることができるのだ。

まあ気持ちがいいのでちゃんと湯浴みもしてはいるのだが。

「あ、あ……あ……」

再度激しく達したらしく、フルガさまがびくびくと身体を痙攣《けいれん》させる。

「……えっ？　あ……」

そんなフルガさまの両足を大きく開かせた俺は、すでにはち切れんばかりに怒張《どちょう》していた己《おの》が一物《いちもつ》を彼女の前へと晒《さら》す。

それを見たフルガさまは一瞬ごくりと喉《のど》を鳴らしたかと思うと、ゆっくりと視線を上げ、どこか期待したような眼差《まなざ》しを俺に向けた。

ならばその期待に応《こた》えねばなるまい。

――ずにゅりっ。

「ふあああっ!?　そ、そんな奥まで……んあああああああああああああああああっ!?」

望み通り、俺は彼女を貫《つらぬ》いたのだった。

◇

「あっ♡　あっ♡　あっ♡　あああああああああああああああっ♡」

「ぐっ……」

ぷしゃあっ！　とフルガさまの秘所から透明な液体が激しく飛び散る中、俺も大量の精を彼女の奥底へと解き放つ。

一体これで何度フルガさまを絶頂させただろうか。

うちのお嫁さんたちなら疾《と》うに気を失っているところなのだが、さすがは女神さまとでも言うべきか、気息奄々《きそくえんえん》の状態でありながらもフルガさまは意識を保ち続けていた。

しかも。

「どうした……？　オレはまだイッてねえ、ぞ……？」

というように、自分が〝達した〟と言わない限りは達していないから負けていないと言うのである。

もうこうなってしまったらただの根比《こんくら》べになってしまうわけだが、さすがにこれだけ絶頂させてもまだ余裕の笑みを浮かべていられるのは少々おかしい気がする。

同じ女神であるイグニフェルさまですらもっと早くダウンしていたはずだ。

まさかとは思うが、彼女の〝破壊〟の力が俺の夜の王スキルにまで影響を与えているとでもいうのだろうか。

もしそうならたとえこれ以上続けたとしてもフルガさまは絶対に負けを認めはしないだろう。

できれば普通に終わらせたかったのだが……こうなったら仕方がない。

彼女が〝破壊〟の力を使えないほどの快楽を与え、一気にケリをつけるしかあるまい。

「はっ、また後ろからか……？　お前もいい加減懲《こ》りねえやつだな……って、ちょ、ちょっと待て!?　そ、そこは違っ……くあああああああああああっ♡」

がくがくと腰を震わせ、一突きでフルガさまが激しく絶頂する。

やはり彼女の弱点は〝後ろ〟の秘所。

先ほども少し指で刺激しただけで達していたからな。

強化された夜の王スキル全開の一物で貫かれては為す術《すべ》もないだろう。

「や、やめっ……あっ♡　あっ♡　ま、またイ……ふわああああああああああっ♡」

フルガさまの両腕を力いっぱい引き、ばちゅんばちゅんっと幾度《いくど》も渾身《こんしん》の突きをお尻に叩《たた》き込む。

その度にフルガさまの蜜壺から大量の愛蜜が飛び散り、結界内が濃厚な雌《メス》の匂《にお》いで包まれていった。

そんな中、俺は彼女に問いかける。

「どうですか……っ？　そろそろ素直になってください……っ」

「ふぐ、あっ♡　い、イッてりゃい!?　お、おりぇはまりゃイッてりゃい!?」

ぶんぶんと大きくかぶりを振って否定するフルガさまに、俺は「……そうですか」と一旦《いったん》動きを止める。

「……な、なんりぇ……!?」

それも彼女が達する寸前でだ。

当然、ふるふると達せないもどかしさで身体を震わせるフルガさまだったが、

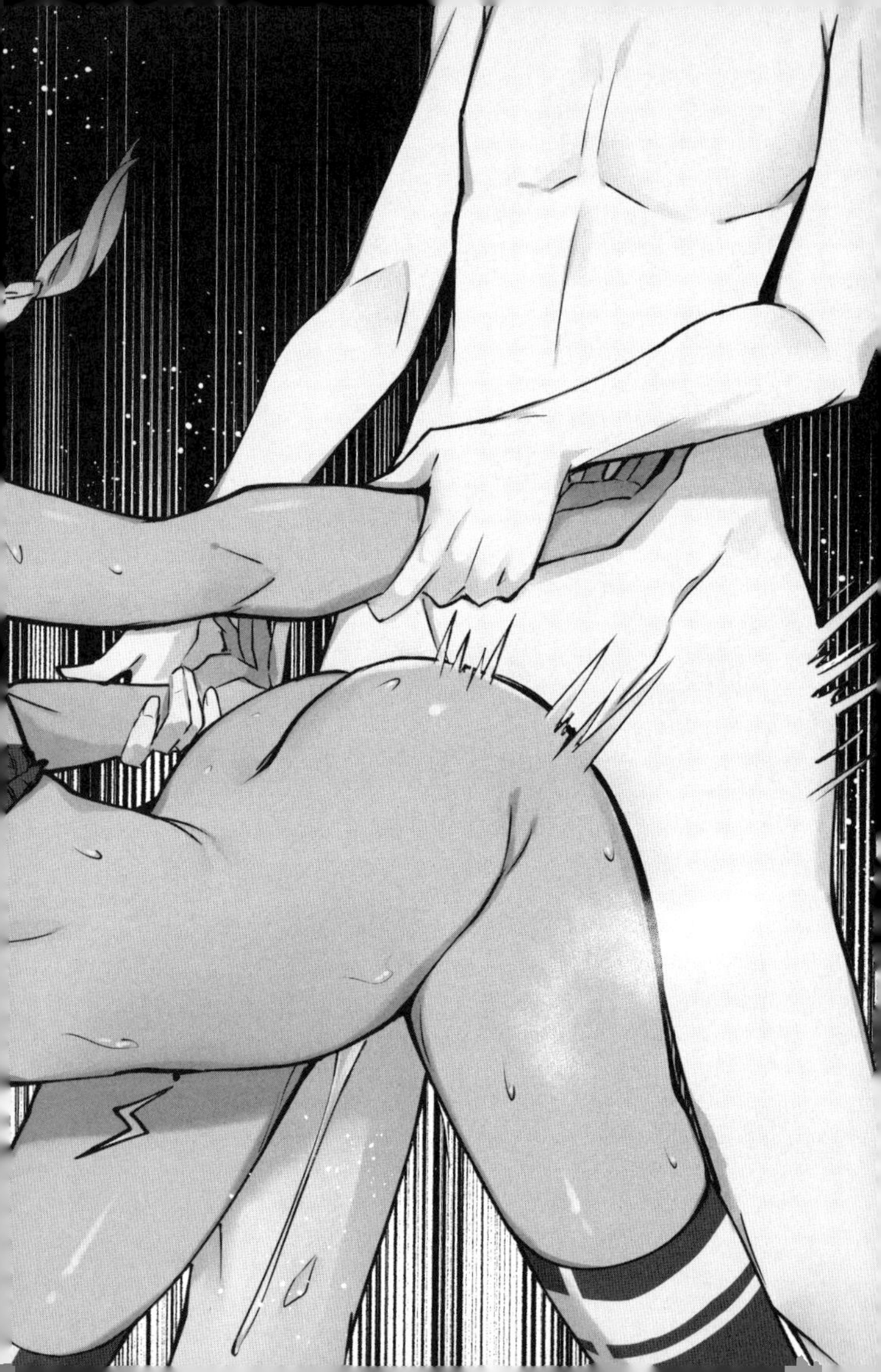

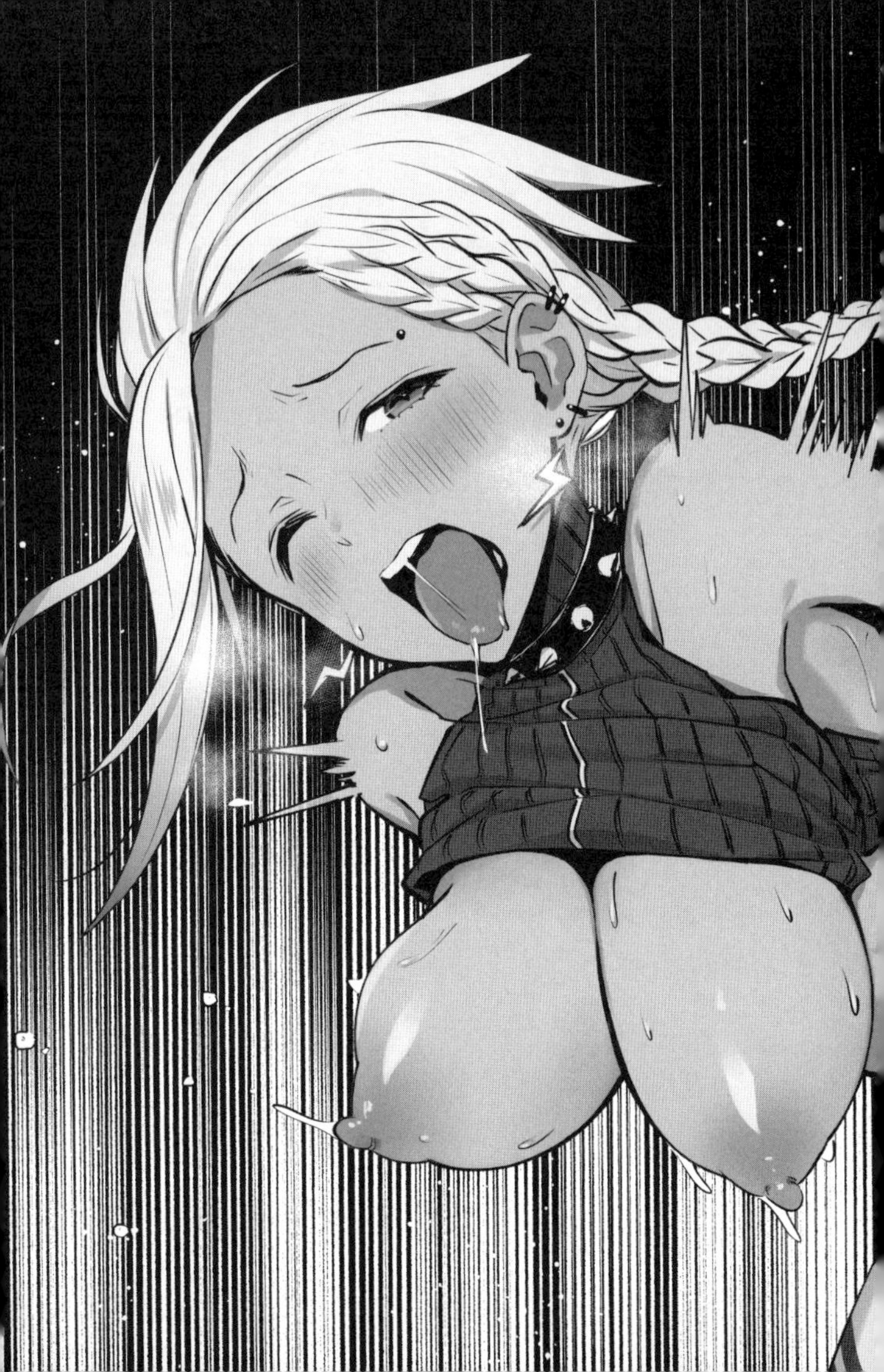

「大丈夫。ちゃんとイかせてあげます」

――ばちゅんっ！

「くはあああああああああああああああっ♡　い、イクううううううううううううううううううううううううううっっ♡」

次の瞬間、俺は再び渾身の一撃を打ち込んだのだった。

◇

そんな感じでフルガさまとの戦闘（？）に決着をつけた俺は、火照《ほて》った顔でぐったりとしている彼女をお姫さま抱っこしながら皆のもとへと戻ってくる。

そしてフルガさまを祭壇に寝かせ、「……ふう。強敵だったぜ……」と額《ひたい》の汗を拭《ぬぐ》いながらお嫁さんたちの方を見やったのだが、

「って、うおっ⁉」

「「「「……」」」」

じとー、と全員揃って半眼《はんがん》になっていた。

「あ、あの、皆……？」

「ふふ、お疲れさまでした、イグザさま」

「あ、うん……。ありがとう……」

なんだろう。

笑顔なんだけど笑顔じゃない。

というか、目があきらかに笑ってない。

「お手柄《てがら》だったな、イグザ。あのフルガさまを倒すとは大したものだ」

「お、おう……」

そしてこちらからはあからさまな〝圧《あつ》〟を感じる。

えっと、これはもしかしてあれだろうか……。

一応見えないようにはしていたはずなんだけど……。

俺が一人冷や汗を流していると、ザナがふふっと微笑《ほほえ》みながら近づいてきて言った。

「ねえ、知ってる？　女ってね、直感的に男がほかの女を抱いてきたことがわかるのよ？」

「えっ⁉」

じゃあやっぱり⁉

「ただ今回は状況証拠があったから直感的にというわけではないのだけれど、でも一応尋《たず》ねるわね、イグザ。あなた、フルガさまを抱いたわよね？」

「え、えっと、でもこれには非常に深いわけが……」

「抱いたわよね？　(威圧《いあつ》)」

「……はい、抱かせていただきました」

ザナと、その後ろに控《ひか》えていた女子たち全員の圧力の前に、俺はもう正直に頷くことしかできなかったのだった。

◇

その後、詰め寄ってきた女子たちに俺は必死に事情を説明した。

本当はきちんと決闘で勝負をつけるつもりだったのだが、意図せず彼女の性感帯を責めるような形になってしまい、快楽に悶《もだ》えるフルガさまを殴ることができなかったため、ならばその方向で満足していただこうということになったのだと。

むしろあそこで殴り飛ばしていた方が逆に関係性が悪くなるということも伝えた。

普通に卑怯《ひきょう》だし、たとえそれで勝ったとしてもプライドの高いフルガさまは絶対納得しないはずだと。

だから仕方がなかったのだと懇切丁寧《こんせつていねい》に説明したのである。

「まあ事情はわかったんだけどよ、でもあたしらが見てる前でヤろうと思うなんて、おめえすげえやつだな」

「は、はは……」

「うん。そういうことならフルガさまがぐったりしてるのも頷ける」

「そうね。一晩で私たち全員を腰砕《こしくだ》けにできるほどの超絶倫《ぜつりん》だもの。女神さまだろうと例外ではないでしょうね。イグニフェルさまの時もそうだったし」

「い、いやぁ、照《て》れるなぁ……」

あはは……、とぎこちない笑みを浮かべる俺だったのだが、

「うふふ、別に褒《ほ》めているわけではないのですよ？　イグザさま」

「……はい」

目の笑っていないマグメルにそう言われ、しょんぼりと小さくなっていたと。

「まあ各々《おのおの》言い分はあると思うが、とにかくイグザのおかげで勝負には勝ったのだ。あとはフルガさまの意識が戻り次第《しだい》、我らの話に付き合ってもらうとしよう」

「アルカ……」

針の筵《むしろ》の中、アルカが俺のことを労《いたわ》ってくれて、思わず目頭《めがしら》が熱くなっていたのだが、

「もちろんその前に私の話に付き合ってもらうがな（威圧）」

「……」

うん、知ってた……、と俺は一人笑顔のまま魂《たましい》が抜けかけていたのだった。

88章　女神さまが嫁になりました

その後、アルカがお叱《しか》りの言葉を授けるどさくさに紛《まぎ》れて正妻の言質《げんち》を取ろうとしたことがバレて一問着《ひともんちゃく》あったことはさておき。

「て、てめえ、よくもオレにあんな……あんな辱《はずかし》めを……っ」

意識を取り戻したフルガさまが真っ赤な顔で自《みずか》らの身体《からだ》を抱き締める。

お姉さん座りしているところが微妙に可愛《かわい》らしいが……まあそれは置いておこう。

唇《くちびる》を噛《か》み締め、ぷるぷると身体を震わせていたフルガさまだったが、彼女はやがてびしっと俺を指差し、声を張り上げてこう言ってきた。

「――せ、責任は取ってもらうからな、人間！　お、お前にはオレの夫になってもらうぞ！」

「「「「「――なっ!?」」」」」

当然、驚愕《きょうがく》の表情で固まる俺たちに、フルガさまはやはり真っ赤な顔で言った。

「な、何を馬鹿《ばか》みてえに呆《ほう》けていやがる!?　お、お前はオレにあんなことをしやがったんだぞ!?　責任を取るのは当たり前だろうが!?」

「い、いや、でもあれは……」

「う、うるせえ!　こうなったら盛大に式を挙げてやるからな!　覚悟しやがれ、このたらし野郎!　それでガキは何人欲しいんだ!?　ああっ!?」

「ええ……」

すっかりお嫁さんになる気満々のフルガさまに呆然《ぼうぜん》と佇《たたず》むことしかできない俺だったのだが、〝夫〟と聞いて黙っていられない子たちがこの場には五人ほどいるわけで……。

「まあ落ち着け、雷の女神よ。イグザはすでに妻帯者だ。である以上、まずは正妻の私に話を通してもらわねば困る」

「いえいえ、正妻は私《わたくし》ですのでお話は私がお伺《うかが》いいたします」

「いや、ちげえだろ。イグザが一番愛してんのはあたしだぞ?」

「それも違う。イグザの一番はわたし。嘘《うそ》はよくない」

「ごめんなさいね、フルガさま。この人たちは自分のことを正妻だと勘違《かんちが》いしている可哀相《かわいそう》な人たちなの。それでお話はなんだったかしら?」

何度目かもわからない正妻戦争が勃発《ぼっぱつ》する中、しかしフルガさまはさも当然とばかりに言った。

「何言ってんだ、お前ら？　神であるオレがこいつの嫁になる以上、正妻はオレに決まってんだろ？」

「「「「……」」」」

その瞬間である。

現嫁である五人の間に〝結束〟というものが生まれたのは。

恐らくは相手が〝女神〟ということもあり、瞬間的に人同士で争っている場合ではないと判断したのだろう。

そうしてここに人と神との熾烈《しれつ》な争いが幕を開けることになったのだった。

まあその内容が俺の正妻ポジについてなのは正直どうかと思うのだが……。

というか、皆それぞれの良さがあるんだし、全員が一番ってことじゃダメなのかなぁ……。

◇

もちろん熾烈な争いとは言っても肉弾戦でどんぱちやったわけではない。

いや、実はやりかけていたのだが、それではあまりにもフルガさまが有利なので、じゃあ飲み比べ対決はどうだというオフィールの案も彼女に有利なので却下《きゃっか》になった。

ならばどういう対決なら公平に正妻を決められるのか。

「いや、そもそも対決うんぬん以前に正妻は私なんだが……」というアルカの突っ込みをガン無視して話し合いが行われた結果、やはり正妻とは一番俺のことを信頼し、かつ家事育児能力のもっとも長《た》けた者なのではなかろうかということになった。

つまり現時点で正妻を決めるのは難しく、この旅が終わったあとに改めて決着をつけようという結論に（アルカ以外が）いたったというわけである。

ただ……。

「ずっと一緒にいられるお前らとは違ってオレはここから離れられねえ。その分の不満はどう埋めてくれるつもりだ？　ああ？」

そう、フルガさまもカヤさんと同じく、いわゆる〝現地妻状態〟だということだ。

が、それに関してはもうこれしかないと思った。

「わかりました。なら俺が頻繁《ひんぱん》に会いに来ていっぱい愛します。それじゃダメですか？」

「お、おう……。まあそれなら別に……」

「「「「……」」」」

何やらしおらしく両手の人差し指同士をつんつんさせるフルガさまに、女子たちが揃《そろ》って半眼《はんがん》を向ける中、俺はやっとこさ本題へと入ることにした。

「それでフルガさまに会いに来た目的なのですが……」

「あ、ああ、わかってる。オレの〝雷〟と〝破壊〟の力が欲しいんだろ？　まあお前はオレの夫になる男だからな。別に構やしねえよ」

「本当ですか!?　ありがとうございます！」

笑顔でお礼を言う俺に、フルガさまは「お、おう」と頷《うなず》きつつも、どこか恥《は》ずかしそうにこう言ってきた。

「それでその……なんだ。力をやる礼っつうか……あとで少しばかりぎゅってしてくれたりしねえのかなって……」

「ええ、もちろんです。フルガさまの気が済むまでお付き合いしますよ」

「そ、そうか？　な、ならまあ仕方ねえな！　がっつり力を分けてやるよ！」

そう言いながら嬉《うれ》しそうに腕を組むフルガさまに、俺も目的が達成できてよかったと女子たちの方を振り向いたのだが、

「もちろん私も抱き締めてくれるのだろうな？」

「ええ、当然ですよね？」

「そりゃそうだよな？」

「議論の余地《よち》はないわね」

「うん、皆平等」

「そ、そうだね……」

というように、有無《うむ》を言わせない圧《あつ》がびんびんに俺を襲《おそ》っていたのだった。

ともあれ、俺たちは晴れてフルガさまからお力を賜《たまわ》ることができた。

彼女の力は〝破壊〟ゆえ、その武技《ぶぎ》や術技《じゅつぎ》も強力なものが多く、さらには雷光の如《ごと》き速さで動ける技《わざ》もあり、戦闘面では大いに役立ちそうだった。

恒例《こうれい》となっている完全系スキルも、

『スキル――《完全破壊《ミハイリア》》：ありとあらゆるものを破壊することができるが、神の力の前では効力が半減する』


というように、先ほど彼女が見せたものと同様のもので、相手が神の力を持っていなければ無敵の力とも言えた。

だが逆に言えば、神の力の結晶である〝神器《じんぎ》〟などを破壊することは難しいということだ。

未《いま》だその存在自体が謎に包まれている神の武具――神器。

俺はこの〝神器〟と、それを与えたという〝終焉《しゅうえん》の女神〟についてフルガさまに尋《たず》ねてみることにしたのだが、

「……なるほど。〝終焉の女神〟に〝神器〟ときたか……」

彼女の反応はなんとも微妙な感じのものだった。

たぶんあまり聞いてほしくはない事柄だったんだと思う。

「ええ。フルガさまなら何か知っているんじゃないかと思いまして」

だが〝聖者〟という脅威《きょうい》が目の前に迫っている以上、知らないふりをするわけにもいかない。

頷《うなず》く俺に、フルガさまは小さく嘆息《たんそく》した後、がしがしと頭を掻《か》いて言った。

「お前らは〝創世《そうせい》の女神〟のことを知ってるか？」

「「「「？」」」」

揃《そろ》って小首を傾《かし》げる俺たちに、フルガさまは丁寧《ていねい》に説明してくれる。

「創世の女神ってのはな、〝創世〟であって〝双生〟でもある双子《ふたご》の女神たちのことだ。この片割れを人間どもは〝創《はじ》まりの女神〟と呼び親しんでいやがる。さすがにこいつなら聞いたことくらいはあんだろ？」

「え、ええ、私《わたくし》たちにスキルをお与えくださった女神さまだと伺《うかが》っていますが……」

マグメルの言葉に、フルガさまも頷く。

「まあながち間違っちゃいねえよ。何せ、人間を生み出したのはその創まりの女神――〝オ

ルゴー〟なんだからな」

「「「「「「！」」」」」」

創まりの女神――オルゴー。

それが俺たち人間を生み出したと確かにフルガさまは言った。

ならば亜人《あじん》は……。

俺が問うまでもなく、フルガさまは肩を竦《すく》めて言った。

「ちなみに亜人を生み出したのもまたオルゴーだ。というより、この世界に生きる全《すべ》てのもんは基本的にオルゴーの創造物だと言っていい」

「ふむ。ならば終焉の女神は一体何を創《つく》ったというのだ？」

アルカの問いに、フルガさまは「そんなの決まってんだろ？」と当然のように告げた。

「――〝魔物〟だよ」

「「「「「「――っ⁉」」」」」」

一様《いちよう》に言葉を失う俺たちに、しかしフルガさまはどこか寂《さび》しそうに言った。

「でも勘違《かんちが》いすんじゃねえぞ？　別にやつが調和を乱そうとして創ったわけじゃねえ。終焉の女神――〝フィーニス〟はな、単に自分も〝母親〟になりたかっただけなんだよ」

「お母さん……？」

ティルナが不思議そうに小首を傾げる中、フルガさまはなんとも口惜《くちお》しげな表情で語る。

「そうだ。オルゴーには〝生き物〟を生み出す力があった。いや、正確には〝破壊〟と〝再生〟による〝繁栄《はんえい》〟の後、〝死〟んでまた生まれ変わることができる〝生命〟を創る力だな。これだけ言えばそろそろ気づいたんじゃねえか？」

「えっと、もしかして〝五柱《いつはしら》の女神さまの特徴を併《あわ》せ持っている〟ということですか……？」

俺がそう控《ひか》えめに尋ねると、フルガさまは不敵な顔で頷いた。

「さすがはオレの夫だ。よくわかってるじゃねえか。そう、オルゴーはオレたち五柱の力を全て持っていた。何故《なぜ》ならオルゴーこそがオレたち五柱の〝元の姿〟だからだ」

「「「「「――なっ!?」」」」」

フルガさまの言葉に俺たちが揃って目を丸くしていると、彼女はやはり寂しそうに続けた。

「……だが運命ってのは残酷でな。オルゴーにはそういう力があったにもかかわらず、双子であるフィーニスにはそれがなかった。いや、あいつにも同じ力があったんだが、その対極にあたる力だったんだ」

「対極にあたる力？」とザナ。

「ああ、そうだ。つまりフィーニスの創ったもんは、オルゴーの創ったもんと〝相容《あいい》れねえ〟習性を持ってたんだよ。魔物がいい例だな。あいつらがお前らを襲《おそ》う理由なんて何もありゃしねぇ。ただ本能的にオルゴーの創作物だからうざってえってだけのことなのさ」

「そ、そんな理由で私たちの生活は日々脅《おびや》かされているというのですか⁉」

堪《たま》らず声を荒らげたマグメルに、フルガさまは「そうだ」と無慈悲《むじひ》にも頷いた。

「そんな……」

「だからオレたちはこの世に生きるやつらを守るために五柱の女神として再誕した。まああまりにも昔のことすぎて己《おのれ》の役割もおざなりになりつつあったんだけどな！　ほとんどお前ら聖女だの聖者だのに任せっぱなしだったし！」

だっはっはっ！　と無邪気に笑うフルガさまに俺たちが揃って呆《あき》れたような視線を向けていると、彼女は一転して真顔《まがお》でこう言ったのだった。

「さて、じゃあ楽しい話はここまでだ。ここからは終焉の女神フィーニスとの〝戦争編〟に入るんだからな」

「「「「「――っ⁉」」」」」

当然、俺たちはまた驚愕《きょうがく》の表情になっていたのだった。

90章　魔物の女王

〝戦争編〟という言葉に俺たちが揃《そろ》って固唾《かたず》を呑《の》み込む中、フルガさまは祭壇で胡座《あぐら》を掻《か》いたまま語り始める。

「人と亜人《あじん》、そして魔物を生み出した創世《そうせい》の女神たちだったが、やっぱり問題になったのは魔物による他種族への攻撃だった。そりゃ魔物を全部ぶっ殺しゃいいだけの話なんだが、やつらはフィーニスのガキどもな上、周囲の〝穢《けが》れ〟を取り込む役割も担《にな》ってたからな。事はそう単純なもんじゃなかった」

「ふむ。そういえばイグザがテラさまを浄化した際、〝穢れ〟から魔物が生まれる光景を目にしたのだが、もしかしてフィーニスさまは〝穢れ〟から新たな命を生み出そうとしたのか？」

アルカの問いに、フルガさまは大きく頷《うなず》く。

「ああ、そうだ。〝穢れ〟に関しては女神の間でも問題になっていてな。浄化にも限度がある以上、なんとかこいつの広がりを抑え込み、かつほかのやつらと同じ生命のサイクルに組み込めねえかと考えられていた。だがオルゴーにそれはできなかった。何故《なぜ》ならオルゴーに扱えたのは〝正〟のエネルギーだけだったからだ」

「なるほど。だからその対極にあたる力を持っていたフィーニスさまが〝穢れ〟から魔物を創《つく》ったのだな？」

「ああ。そしてその時になってはじめて知ったのさ。フィーニスは〝穢れ〟からしか生命を生み出すことができねえってことをな」

「でも〝穢れ〟は生きとし生けるものの生み出す〝負〟のエネルギーだったはず。そんなものを使って本当に大丈夫だったの？」

ティルナの疑問は至極真《しごく》っ当なものだったと思う。

そんなものを材料にしたのであれば、フィーニスさまのお力以前の問題に思えるし。

「まあそりゃ大丈夫なはずねえわな。おかげで魔物は凶暴極《きわ》まりなくなった。負のエネルギーの塊《かたまり》なんだから当たり前だ。そうして〝穢れ〟を取り込みまくって成長した、獰猛《どうもう》で手のつけられねえやつらがわんさか溢《あふ》れ返っちまったってわけだ。ちなみに〝亜人〟ってのはな、そんなフィーニスを憐《あわ》れんであえて魔物に近い性質を持たせて生み出された連中のことなんだぜ？」

「なるほど。だからフィーニスさまは聖者たちを受け入れたのね。納得だわ。それにしても皮肉な話よね……。魔物たちも元々は希望を持って生み出された存在だったというのに……」

「まあ仕方ねえだろ。あたしらの生み出した〝負の感情〟っつーのがそんだけ悪影響を及ぼすもんだったっつーだけの話だ。けどそうなるとあれか？　魔物の討伐《とうばつ》が過激化して、ぶち切れた女神さまが敵に回った的な感じか？」

「ああ、大体そんなところだ。だがその前に女神たちはなんとか現状を打破するべく、人と亜人のために浄化機能を持つ武具を創った。それがお前たちが〝聖神器《せいじんぎ》〟と呼ぶ神器元来の姿だ」

「神器元来の姿……」

反芻《はんすう》するように呟《つぶや》く俺に、フルガさまは「そうだ」と頷いて続ける。

「魔物に効力を浸透させやすくするためにフィーニスの力を根幹とし、そこにオルゴーの浄化能力を組み合わせた――文字通り〝神の祭器《さいき》〟だ」

「ちょ、ちょっと待ってください。私《わたくし》の聖神杖《せいじんじょう》は聖杖《せいじょう》が神器に取り込まれることで生まれました。ですが今のお話だと、ヒヒイロカネは別段必要なかったように思えるのですが……」

「はは、いいとこに気づくじゃねえか」

そう言って不敵な笑みを浮かべた後、フルガさまは言う。

「そりゃ〝聖具〟ってのはフィーニスと袂《たもと》を分かったあとに創られたもんだからな。ヒヒイロカネは単にオルゴーの力に順応し、それを増幅できる唯一《ゆいいつ》の金属ってだけのことだ。しかも元々はフィーニスの創った魔物なんだから、そりゃ一つにもなるだろうよ」

「なるほど。ヒヒイロカネはあくまでフィーニスさまの力の代わりというわけか。しかし一つ疑問なのだが、女神たちの力は〝相容《あいい》れない〟のではなかったのか？」

「ああ、生命を生み出す上ではな。だが負のエネルギーも元は正のエネルギーから生まれたもんだ。完全に反発するわけじゃねえ。お前らだって魔物の肉は食うだろ？　要は〝バランス次第《しだい》〟なんだよ」

ふむ……、とアルカが神妙《しんみょう》な顔をしていると、フルガさまがそこにいたるまでの経緯《いきさつ》を説明してくれる。

「最初は神器で魔物どもを鎮《しず》めながら共生していたんだ。お前らのような聖女や聖者が神の遣《つか》いとしてな。だが人口が増え、貧富にも差が現れると、一部の人間どもが魔物の素材で金儲《かねもう》けをするようになり始めた。とある聖者と共謀《きょうぼう》してな」

「そうして秩序の崩壊《ほうかい》が始まったのね？」

「ああ、そうだ。当然、そんなことばかりやってりゃいつかは天罰《てんばつ》が下る。調子に乗って強力な魔物の巣へと赴《おもむ》いた聖者たちは隙《すき》を衝《つ》かれて全滅――そいつが守っていた管轄《かんかつ》区域が魔物によって滅ぼされる惨劇《さんげき》が起きた」

「「「「……」」」」

自業自得《じごうじとく》と言ってしまえばそれまでなんだろうけど……。

「そうなると事情の知らねえやつらは当然ぶち切れるだろ？　だから共生なんて端《はな》から無理だったんだ、自分たちもそうならねえよう魔物に抗《あらが》う力を身につけねえとってな」

「で、でもそれは……」と俺。

「ああ、人間どもが欲に目が眩《くら》んだだけのことで、魔物どもには一切非がねえ。だが一度火が付いた民衆は止められず、残った神器使い六人のうち三人が人間とともに歩む道を選んだ。そして女神に対して信仰心の強かった亜人どもは、神の怒りに触れることを恐れ、ことごとく人間どもと距離を置くようになった」

「そしてフィーニスさまとの争いが始まった……」

結論を持っていたマグメルに、フルガさまも悲痛そうに頷く。

「ああ……。当然、フィーニスは怒り狂った。何故自分の子どもたちを殺そうとするのか、そうならないよう神器を授けたのに、何故それを己《おの》が欲望のために使ったのかと」

「まあ当然の怒りでしょうね。オルゴーさまはどうしたの？」

「もちろんフィーニスを宥《なだ》めようとしたさ。でもあいつは話を聞かなかった。当然だろ？　その頃にはもうフィーニス自体が魔物の女王みたいな扱いをされてたんだからな」

「ひどい……。フィーニスさまはただ子どもたちを守ろうとしただけなのに……」

「そうだな……。そうして凄惨《せいさん》な争いが始まった。早々に神器を失ったということもあってか、人間側は劣勢に立たされた。だが人間だってオルゴーにとっては我が子みてえなもんだ。彼女の頼みで一人のドワーフが〝剣〟の聖者とともに聖具を生み出した」

ちなみにな、とフルガさまは不敵な目で俺を見やって言ったのだった。

「その〝剣〟の聖者が後に身につけていたのが、お前の着ている〝フェニックスローブ〟なんだぜ？」

そうして高速で海を突っ切り、再びマルグリドへと到着したあたしだったが、頭の中では未《いま》だに豚《ぶた》の言った〝幼馴染《おさななじ》みは家族のようなもの〟という言葉が引っかかり続けていた。

そりゃ馬鹿《ばか》イグザとは幼い頃からずっと一緒にいたんだから、家族のようなものだと言われればそうなのかもしれない。

あたしもあいつも一人っ子だったしね。

互いの役割上、一緒にいる時間が本当に長かったたし、幼馴染みというよりはほとんど姉弟《してい》（あいつの方が年上だけど……）みたいな感じだったと思うわ。

まあ、だからこそいつの間にか遠慮がなくなっちゃったんでしょうね……。

でも仕方ないじゃない。

あいつ以外に素《す》のあたしを出せる人なんていなかったんだから。

じゃあどこにストレスをぶつけるかって言われたら馬鹿イグザしかいないでしょ？

だってずっと側《そば》にいたあいつにしか、あたしの苦労なんてわかりゃしなかったんだもの。

だから……そうね。

こうして一人になってみてよくわかったわ。

あたしがどれだけあいつに依存《いぞん》していて、どれだけあいつを傷つけてきたのかをね。

そりゃ毎日意味もなくキツい言葉をぶつけられ続けるんだから我慢《がまん》だってできなくなるわよね……。

それは本当にあたしが悪かったと思うし、きちんと謝ろうとも思ってるわ……。

でもね、それはそれとして、

「はい、イグザさまは私を妾《めかけ》として迎え入れてくださいまして、一晩中愛してくださいました……（ぽっ）」

「まあその直前に我《われ》とも契《ちぎ》っているがな」

いや、あいつはっちゃけすぎじゃない!?

てか、女神さまとまで寝てるってどういうことよ!?

というか、それ以前に一晩で両方の相手をしていることにびっくりなんですけど!?

むしろあんたたちはそれでいいわけ!?

驚愕《きょうがく》の事実を聞き、あたしは比喩《ひゆ》抜きで両目が飛び出しそうになっていた。

「ぐっ……うぅ……」

そしてあんたはなんで泣くほど悔《くや》しがってんのよ……。

顔が憎《にく》しみに溢《あふ》れすぎて凶行に及ぶ直前の犯罪者みたいになってるじゃない……。

いや、まあ気持ちはわかるけど……。

とくにイグニフェルさまはあんた好みのナイスバディだしね。

って、豚のことはどうだっていいのよ⁉

てか、あいつほかにも聖女たちを侍《はべ》らせてたわよね⁉

なんなの⁉

そんなに性欲溜《た》まってたの⁉

え、もしかしてそれを解消してあげなかったからあたしは捨てられたんじゃないでしょうね⁉

もしそうならちょっと話が変わってくるんだけど⁉

いや、でも確かに今思えばあいつ時折あたしのことをいやらしい目で見ていたような……っ⁉

豚同様、馬鹿イグザにも性欲の権化《ごんげ》説が出てきたことに、あたしは内心がくぶると顔を青ざめさせていたのだった。

91章　争いの終わり

「フェニックスローブを〝剣〟の聖者が……っ!?」

啞然《あぜん》とする俺に、フルガさまは「ああ」と頷《うなず》いて言う。

「やつはお前と同じく炎に愛された男でな。さすがに不死身とまではいかなかったが、それでもヒヒイロカネを生成できる程度の炎は操《あやつ》れた。だからそいつを使って人間どもを守るために聖具を生み出したってわけだ」

ただ、とフルガさまは神妙《しんみょう》な面持《おもも》ちで続ける。

「せっかく生み出した聖具も使えるやつが三人しかいなかった。そりゃ当然だよな。残りの三人は亜人《あじん》――この戦争には一切かかわらねえことを決めてたんだからよ」

「ふむ。当時は全《すべ》ての種族から聖者たちが選ばれていたのだな」

「まあ今でもそうなんだけどな？　単に資質の問題であって、人間の方が亜人ほど排他《はいた》的じゃねえってだけの話だ」

「ですが今は私《わたくし》たち人の聖女たちのほかに亜人の聖者たちも同時に存在しています。これは一体どういうことなのでしょうか？」

マグメルの問いに、フルガさまは腕を組んで唸《うな》る。

「あー、そいつはオレにもよくわからねえ。聖具が一つずつしかねえ以上、普通は被《かぶ》らねえはずだからな。まあそこを神器《じんぎ》で補ったのかもしれねえが、そうなると寿命《じゅみょう》の長さ的に亜人どもの方が先に聖具を手にしていねえとおかしい。そこのおチビちゃんのようにな」

「むぅ、わたしは〝おチビちゃん〟じゃない」

ぷくぅ、と可愛《かわい》らしく頬《ほお》を膨《ふく》らませるティルナに、オフィールが指を差しながら爆笑する。

「だーっはっはっ！　ほら、やっぱりおチビちゃんだと思われてるじゃねえか！」

「……」

――ずんっ。

「――ぐふっ!?　お、おま、抜き手はダメだろ……」

「しらない」

悶絶《もんぜつ》しているオフィールにティルナがぷいっとそっぽを向く中、ザナはフルガさまに争いの行方《ゆくえ》を問う。

「それで〝剣〟の聖者を含めた人々は聖具で反撃に出たと？」

「まあな。たとえ使い手が三人しかいなかったとはいえ、強力な存在には変わりねえ。ゆえに〝剣〟と〝槍《やり》〟、そして〝杖《つえ》〟の三人は人類側の希望としてその最前線に立った」

「ふ、〝剣〟と〝槍〟か。やはり私とイグザは切っても切れぬ定めで結ばれているようだな」

むふんっ、とその豊かな胸を張るアルカに、オフィールが半眼《はんがん》を向けて言った。

「いや、どや顔でなんか言ってっけどよ、そもそもイグザは聖者じゃねえ上に〝剣〟以外も全部使えてんぞ？」

「……」

「ぷっ」

「おい、笑うな」

くわっとマグメルに鬼のような視線を向けるアルカに嘆息《たんそく》しつつ、俺はフルガさまに尋《たず》ねる。

「ちなみにオルゴーさまはどうしていたんですか？」

「ああ、見守ることしかできなかったよ。オルゴーからすりゃどっちも大切な存在だったからな」

「そう、ですよね……」

俺が悲痛な顔を浮かべていると、フルガさまは「ああ」と頷いて言った。

「だがな、そんな悲惨な状況にだっていつかは終わりがくる。最後までフィーニスを説得し続けていた〝剣〟の聖者だったが、仲間であり恋人でもあった〝槍〟の聖女を失ったことをきっかけに、フィーニスを封じる計画へと打って出ることにした」

「「「「「――!」」」」」

きっと〝剣〟の聖者は最後までフィーニスさまのことを信じていたんだろうな。

神器を与えてくれた時のように、また互いに手を取り合うことができると。

なのに……。

「もちろんフィーニスを封じるには同じ女神であるオルゴーの力が必要不可欠だった。オルゴーもこれ以上の悲劇は望まず、〝剣〟の聖者に力を貸すことを決めた。そんで作戦は無事成功――フィーニスは封じられ、その代わりに〝剣〟の聖者も命を落とした。まあそんなこんなで今にいたるってわけだ」

「「「「……」」」」

肩を竦《すく》めながら話を締めくくるフルガさまに、俺たちは揃《そろ》って言葉を失う。

なんというか、本当に誰も幸せにならない話だったな……。

このフェニックスローブも〝剣〟の聖者の形見《かたみ》みたいな感じになっちまったし……。

「じゃあ今もフィーニスさまはどこかに封印《ふういん》されていると……？」

「ああ、そうなるな。だがこうしてあいつが持っているはずの神器が再び現れやがったんだ。恐らくは封印に〝綻《ほころ》び〟が生じつつあるんだろうよ。となりゃ面倒《めんどう》でももう一度封印をかけ直すしかねえわな」

「そんなことが可能なのですか？」とマグメル。

「たぶんな。ただしオレだけの力じゃ無理だ。あいつを再封印するためには五柱《いつはしら》全員が集まる必要がある。まあそれでも今のオレたちにできるかどうかは正直半々だが、それでもやるしかねえだろ」

と。

「──いや、その必要はない」

「「「「「──っ!?」」」」」

ふいに響いた聞き覚えのある男の声に、俺たちは揃って目を丸くする。

そこにいたのは、やはり聖者たちの首魁《しゅかい》であり、現〝剣〟の聖者でもある鬼人《きじん》種の亜人──

エリュシオンであった。

「エリュシオン……っ!?」

何故《なぜ》あの男がここにいるのか。

揃《そろ》って警戒《けいかい》態勢をとる俺たちだったが、どうやら事態は想像以上に緊迫したものだったらしい。

「よう、救世主。また会ったな」

「シャンガルラ……っ」

エリュシオンに続き、次々とほかの聖者たちが俺たちを取り囲むように姿を現したのである。

以前ドワーフの里を襲《おそ》った〝拳《こぶし》〟の聖者――シャンガルラは言わずもがな、同じく〝斧《おの》〟の聖者――ボレイオスに、恐らくは〝弓〟の聖者であろう褐色肌《かっしょくはだ》の少年と、〝槍《やり》〟の聖者と思《おぼ》しき強固な鱗《うろこ》に覆《おお》われた身体《からだ》を持つ男性。

そして。

「――お久しぶりね、元気だったかしら?」

「あなたはあの時の……」

港町イトルで会った占い師の女性だ。

何故彼女が聖者たちと一緒にいるのか。

訝《いぶか》しげに様子を窺《うかが》う俺たちに、女性はふふっと嫋《たお》やかに笑って言った。

「改めて自己紹介するわね。私はシヴァ。《宝盾《ほうじゅん》》のレアスキルを与えられし〝盾《たて》〟の聖女よ」

「「「「「「――なっ!?」」」」」」

俺たち六人の目が驚愕《きょうがく》に見開かれる中、彼女――シヴァはゆっくりと俺の方へと近づきながら言う。

「嘘《うそ》じゃないわ。ほら、見てごらんなさい」

しゅうんっ、と彼女の左手に盾のようなものが形成されていく。

あの光る粒子《りゅうし》が形を成していく感じはまさしく聖具そのもの。

ならば本当に彼女が俺たちの捜していた最後の聖女なのだろうか。

呆然《ぼうぜん》とし、困惑《こんわく》する俺だったのだが、

「――〝裂砕破盾《シールドバッシュ》〟ッッ!!」

――ずがんっ！

「ぐっ⁉」

「「「イグザ⁉」」」「イグザさま⁉」

突如《とつじょ》シヴァが攻撃を仕掛けてきて、俺は咄嗟《とっさ》に籠手《こて》でそれを受け止める。

威力《いりょく》自体は大したことなかったものの、いきなり何をするのかと眉根《まゆね》を寄せる俺に、彼女はやはり妖艶《ようえん》に微笑《ほほえ》みながら言った。

「挨拶《あいさつ》代わりというやつかしら？　でもあなたならきっと〝わかってくれる〟わよね？」

「！」

そこで俺は気づく。

彼女の攻撃を受けた際、俺の中のスキル――《体現》がシヴァのスキルを模倣《もほう》していたことに。

――《疑似宝盾《ぎじほうじゅん》》。

七つあるレアスキルの最後の一つである。

まさか今のはこれを俺に渡すために……？

いや、でもどういうことだ……？

と。

「勝手なことをするな、女狐《めぎつね》」

エリュシオンから叱責《しっせき》が飛ぶ。

すると、シヴァは肩を竦《すく》めながら振り返って言った。

「別に挨拶くらい構わないでしょう？　これが最初で最後になるかもしれないのだから」

「いいから黙って自分の役割を全《まっと》うしろ」

「はいはい、わかってるわよ」

そう嘆息《たんそく》交じりに言って、シヴァは元いた位置へと戻る。

俺たちを逃がさないためか、等間隔《とうかんかく》で囲っているようだった。

が。


「――おいおい、オレの庭で勝手なことしてんじゃねえぞ、亜人《あじん》ども」


当然、フルガさまが声音《こわね》に怒気《どき》を孕《はら》ませながら腰を上げる。

そして祭壇から真《ま》っ直《す》ぐエリュシオンの目の前へとひとっ飛びで降り立った。

「これはお会いできて光栄だ、雷の女神よ」

「はっ、思ってもねえことを言いやがって。さっさと用件を言え、亜人。ただしこいつらに手を出したら承知《しょうち》しねえぞ」

ばちばちっ、と蒼雷《そうらい》を纏《まと》いながら睨《にら》みを利《き》かせるフルガさまだが、エリュシオンはまったく臆《おく》する素振りを見せずに言った。

「ふむ、やはり立ちはだかるか。では致し方あるまい」

すっとエリュシオンが腰の太刀《たち》に手を添える。

「へえ？　このオレとやろうってのか？　――いいぜ。ならまとめて相手になってやるよ」

確かな自信があるのだろう。

不敵な笑みを浮かべるフルガさまだったのだが、

「――いや、あなたの相手は我々ではない」

「あっ？」

ずんっ、とエリュシオンは雪原に刀身《とうしん》を突き立てる。

すると、黒いオーラが一瞬で二人の足元に広がり、

「――うおっ⁉　な、なんだこいつは⁉」

そこから飛び出てきた何本もの白い腕が、フルガさまの身体に掴《つか》みかかってきたではないか。

「「「「「フルガさま!?」」」」」

急いで助けようとするも、いつの間にやら俺たちの目の前には防壁のようなものが張られており、それが〝盾〟の聖女——シヴァの仕業《しわざ》であることを知る。

「そういうことだ、雷の女神。しばらく我らが女神の話し相手でもしていてもらおうか。まあまともに話ができるとも思えんがな」

「て、てめえ……っ」

ぎりっ、と口惜《くや》しそうな視線をエリュシオンに向けるフルガさまだが、どうやらその身体を縛《しば》っている拘束《こうそく》は神の力を封じる類《たぐい》のもののようで、彼女は為《な》す術《すべ》もなく大地へと引きずり込まれてしまったのだった。

93章　女神の寵愛を受けし魔の王

「さて、これで邪魔者はいなくなったな」

フルガさまの姿が消えた後、エリュシオンは太刀《たち》を雪原から引き抜く。

すると、俺たちの眼前に張られていた防壁もまた消失した。

「おい、フルガさまに一体何をした!?」

「安心しろ。別に殺してはいない。ただこの場には少々邪魔な存在だったのでな。我らが女神の相手をしてもらっているだけだ」

「お前たちの女神だと……っ!?　まさかフィーニスさまの封印《ふういん》はもう解けているのか!?」

驚く俺に、エリュシオンは「いや」と首を横に振って言った。

「女神の封印は依然《いぜん》健在だ。もちろん我らがこうして神器《じんぎ》を手にしている以上、確実に綻《ほころ》びつつあるがな。ゆえに貴様の存在が必要不可欠というわけだ」

「俺の、存在……？」

それは一体どういうことだろうか。

俺が言葉の真意を測《はか》りかねていると、エリュシオンがぴゅっと太刀の切っ先をこちらに突きつけて言った。

「貴様はオルゴーの代わりだ、小僧《こぞう》。五柱《いつはしら》全《すべ》ての力を有している貴様を贄《にえ》にすることで、女神の封印は完全に砕《くだ》け散る。そして貴様は我らが女神によって新たなる魔の王として造《つく》り替えられ、永久に女神の子として愛《め》でられ続けることになるのだ」

「「「「「──っ!?」」」」」

何を、言ってるんだ……？

揃《そろ》って言葉を失う俺たちに、エリュシオンは不敵な笑みを浮かべて続けた。

「女神は〝子〟を欲しているのだよ。自分に近い力を持ち、かつ永久《とわ》の時をともに歩み続けられる従順な我が子をな」

「従順な、我が子……？」

「そうだ。ゆえに誇るがいい、小僧。貴様はその大役に選ばれた。神々同様不死の肉体を持ち、今まさに五柱目の女神の力をも手に入れた貴様は、我らが女神の寵愛《ちょうあい》を受けるに足る存在となったのだ」

「ふざけんな！　俺はそんなことのために彼女たちの力を授かったわけじゃない！　皆が笑顔で過ごせる世界のために力を授かったんだ！」

全力で否定する俺だが、しかしエリュシオンは淡々《たんたん》と告げた。

「それは残念だったな。我らの築く世界に人の笑顔など存在しない。わかったら大人しく我らとともに来い」

「何を――」

と。

「――やめておけ。やつには何を言っても無駄だ」

すっとアルカが俺を手で制しながらそう言ってくる。

そして彼女はふっと口元に笑みを浮かべると、さらにこう続けてきた。

「アルカ……？」

「それより早々にやつらを片づけてフルガさまを助ける――そうだろう？」

「……ああ、そうだな。すまん、少し熱くなってた」

そう反省の言葉を述べる俺に、ほかの女子たちも微笑《ほほえ》んで言った。

「まあ気にすんなって。あのおっさんが相変わらずやべえやつだったたってだけの話だろ？」

「そうね。まあほかの人たちも大概《たいがい》ではあるのだけれど」

「うん。イグザを生け贄になんて絶対にさせない。わたしたちが必ず守ってみせる」

「ええ、そのとおりです。向こうには〝盾《たて》〟の聖女もいるようですが、私《わたくし》たちには鳳凰紋章《フェニックスシール》の

〝絆《きずな》〟があります。イグザさまが健在である限り——私たちは無敵です！」

「皆……」

こくり、と揃って頷《うなず》いてくれる女子たちの姿に、俺は胸が熱くなる。

そして。

「——よし、なら全力で行くぞ！」

「ああ！」「はい！」「おう！」「ええ！」「うん！」

俺たちの戦いが幕を開けたのだった。

94章　それぞれの戦い

「愚《おろ》かな。大人しくしていれば痛い目を見ずに済んだものを」

呆《あき》れたように嘆息《たんそく》するのは、言わずもがなエリュシオンだった。

こいつの相手をできるのは俺しかいないからな。

必然と言ってもいい組み合わせだと思う。

「それはこっちの台詞《せりふ》だ、エリュシオン。言っておくが、俺はこの前よりも強いぞ」

「であろうな。貴様はフルガの力も手にしている。当然のことだ」

そう静かに頷《うなず》くエリュシオンだが、俺は「いや」とかぶりを振って言う。

「確かにそれもあるさ。でもな、一番の理由は〝皆と一緒に戦っている〟からだ！」

どぱんっ！　と衝撃波を巻き起こしながら、俺はスザクフォームへと変身――双剣を顕現《けんげん》させて構える。

すると、エリュシオンは一言「そうか」と告げた後、酷《ひど》く冷淡な声音《こわね》でこう続けてきた。

「ならばその絆《きずな》とやらがまやかしにすぎぬということを身を以《もっ》て教えてやる」

そうしてべきばきと身体《からだ》を一回り以上強靭《きょうじん》に肥大《ひだい》化させたエリュシオンの姿は、まさに〝鬼《き》神《じん》〟と呼ぶに相応《ふさわ》しいおどろおどろしいものであった。

◇

一方その頃。

ほかの聖女たちもそれぞれ聖者たちと対峙《たいじ》していた。

それは彼女――アルカディアもまた同じであり、禍々《まがまが》しい槍《やり》を携《たずさ》える男性と睨《にら》み合っている最中だった。

「ふむ、なんの種族かは知らんが、どうやら〝槍〟の聖者で間違いないようだな?」

「ああ。そういう貴様は〝槍〟の聖女か。――なるほど。なかなかに鍛《きた》えられたいい体幹《たいかん》をしている」

嬉《うれ》しそうに笑う男性に、アルカディアもまた不敵に笑って言った。

「そういうお前も随分《ずいぶん》と強靭な体つきではないか。しかもその強固な鱗《うろこ》に覆《おお》われた尾や肢体《したい》を見るに……恐らくは〝竜〟か」

「ご明察だ、聡明なる聖女よ。俺の名はアガルタ。誇り高き竜人種の戦士にして、終焉《しゅうえん》の女神に選ばれし〝槍〟の聖者だ」

ぶんぶんと神器《じんぎ》を振り回し、アガルタが構える。

「なるほど。では私も名乗らねば礼を欠くというものだな。いいだろう。私の名はアルカディア。辺境の村――〝アムゾネシア〟で生を受けた〝槍〟の聖女にして、救世の英雄たる男の妻でもある女だ」

びゅっ、と同じく槍を構えるアルカディアに、アガルタはおかしそうに笑って言った。

「クックックッ、そういえば貴様らは全員あの男の女でもあったな」

「ああ、そうだ。何か問題でも？」

「いや、俺の種族は一夫一妻が基本なんでな。女として多妻というのはどういう気持ちなのかと気になっただけだ」

挑発《ちょうはつ》のつもりか、それとも単純な興味からなのか、そう問うてくるアガルタだったが、しかしアルカディアはまったく気にする素振りを見せず、逆にその豊かな胸を張って言った。

「愚問《ぐもん》だな。正妻の私が直々《じきじき》に許可している以上、なんの問題もありはしない。むしろ妾《めかけ》の多さは我が度量の大きさと知れ」

「はっはっはっ！　貴様は面白《おもしろ》い女だな！　殺すのが少々惜《お》しくなってきたぞ！」

「心配するな。死ぬのはお前の方だからな」

「クックックッ、本当に――面白い女だなッ！」

どぱんっ！　と特攻を仕掛けてくるアガルタに、アルカディアも聖槍《せいそう》をぐっと握り直していたのだった。

◇

そしてもう一人、ザナもまたはじめて見る聖者と対峙していたのだが、その雰囲気《ふんいき》から彼女は彼が何者であるかを即座に理解していた。

絹《きぬ》のような銀髪に褐色《かっしょく》の肌《はだ》と、特徴的な耳の形。

間違いない。

彼は──。

「──〝ダークエルフ〟ね？」

エルフの中でもとくに強い力を持ちながら、〝穢《けが》れし者〟と忌《い》み嫌われてきたという異端《いたん》種──ダークエルフ。

まさか聖者の一人として彼らの側についていようとは……。

「ええ。僕はカナン。あなたと同じ〝弓〟を生業《なりわい》とする聖者です」

そう静かに告げるカナンに、ザナは問う。

「どうやらあなたはまだ話のわかる人のようだけれど？」

「そうですね。僕は無益な争いを望みません。なのでできれば矛《ほこ》を収めてほしいのですが」

「でもそれは私たちに〝死ね〟と言っているのと同じよ？」

「承知《しょうち》しています。だから安心してください。苦痛なく死ねるようにしますので」

にこり、と優しく微笑《ほほえ》むカナンに、ザナは嘆息《たんそく》して聖弓《せいきゅう》を構えたのだった。

「前言撤回ね。全然話のわかる人ではなかったわ」

◇

「ぬおああああああああああああああああああああっっ!!」

――がきんっ！

「うおっ!?」

獣化したエリュシオンの一撃に弾《はじ》き飛ばされ、俺はずざざと雪の上を滑る。

一撃の重さもそうだが、気迫から技《わざ》の鋭さまで全《すべ》てが格段にパワーアップしていた。

まさに戦闘モードというやつであろう。

だが。

「その分余裕がなくなったんじゃないのか？」

「そうだな。獣化は理性よりも本能に重きを置いた形態だ。ゆえに感情の抑えが利《き》かぬのは必然。せいぜい恐怖するがいい。不死のその身が仇《あだ》となるのだ」

「なんであんたはそういちいち上から目線なんだよ……。自分が負けるとは思わないのか？」

「無論だ。何故《なぜ》私が貴様に劣ると思う？」

「そうだったな。あんたは最初からそういうやつだった。でもだからこそ教えてやるよ。――今は俺の方が強いってことをな！」

――どばんっ！

「ぐうっ!?」

迸《ほとばし》る稲妻《いなずま》を纏《まと》いながら、俺は神速《しんそく》かつ渾身《こんしん》の右拳《こぶし》をやつの顔面に叩《たた》き込んだのだった。

《聖女パーティー》エルマ視点32：なんか出てきたんですけど!?

馬鹿《ばか》イグザがはっちゃけて色んな女に手を出していたのはさておき。

改めてあたしたちは火の女神――イグニフェルさまからお力を賜《たまわ》ろうとしていたのだが、

「……不穏《ふおん》だな」

「「「？」」」

彼女は何やら変な気配を感じ取っているらしく、先ほどからずっと顰《しか》めっ面《つら》になっていた。

だがこのままでは話が進みそうにないので、あたしはイグニフェルさまに尋《たず》ねる。

「あの、どうかされたのですか？」

すると、イグニフェルさまは困惑《こんわく》した様子でこう答えた。

「いや、さっきまであったはずのフルガの気配が消えた」

「「「――っ!?」」」

え、消えた!?

〝フルガ〟って確か雷の女神さまだったはずだけれど……まさか死んじゃったの!?

ど、どういうこと⁉　と驚くあたしたちに、しかしイグニフェルさまは首を横に振って言った。

「心配するな。神は不滅だ。恐らく別の空間にでも飛ばされたのだろう」

「……別の空間、ですか？」と豚《ぶた》。

「ああ。そなたらは知らぬと思うが、我らは元々一つの神――ゆえにたとえ離れていたとしても根底では繋《つな》がっているのだ」

だから、とイグニフェルさまが炎を滾《たぎ》らせ始める。

ぶっちゃけ熱いのでやめてほしかったのだが、彼女はそのまま目の前の空間に向けて一撃を叩《たた》き込んだ。

「――〝火解裂掌《イグニスブロー》〟ッッ‼」

――どぱあああああああああああああああああんっ！

と。

「――あっちいいいいいいいいいいいいいいいいいいいいいいいいっっ⁉」

「「──なっ!?」」

ごごうっ！　と別の空間から薄着の女性（巨乳）が炎とともに飛び出してきたではないか。

「だ、大丈夫ですか!?」

しゅばっとすかさず助けに入る豚。

え、何その俊足。

あんた、あたしが魔物に襲《おそ》われている時、その速度で来てくれたことあった？

ないわよね？

そうやって胸のでかさだけで身体能力を向上させるのよくないと思うわー……。

あたしがそう思いながら豚に半眼《はんがん》を向ける中、女性はいきり立ってイグニフェルさまに詰め寄ってきた。

「てめえ、ちょっとは加減ってもんを考えやがれ!?」

「助けてやった第一声がそれか。そなたは相変わらず礼節がなっていないようだな、フルガ」

「「！」」

え、フルガ!?

じゃあこの人がさっきの話に出てきた雷の女神さまなの!?

「はいはい、ありがとよ！　つーか、どこだよ、ここは？」

きょろきょろと周囲を見渡す女性ことフルガさまに、イグニフェルさまが言った。

「ここは我が神域《しんいき》。そなたの気配が途切れたことが少々気になってな。強引に〝脈〟を繋げさせてもらったというわけだ」

「なるほど、そういうことか。で、そいつらは……ああ、聖女か」

「あ、はい。〝剣〟の聖女――エルマと申します」

深々と頭を下げるあたしだったが、その時、彼女の口からまさかの言葉が返ってきた。

「なんだ、てっきり聖女だからあいつの女かと思ったんだが……お前はまだあいつに抱かれちゃいねえみてえだな」

「えっ？」

あいつってまさか……っ!?

あたしが嫌な予感を縦横無尽《じゅうおうむじん》に走らせていると、フルガさまは驚いたようにイグニフェルさまとカヤを見やって言った。

「って、お前らの方が抱かれてんのかよ!?」

「まあ成り行きでな」

「私も妾《めかけ》にしていただきましたので」

「なんだよ、そういうことなら早く言えよ！　まあ正妻《ぼうぜん》はオレだけどな！」

はっはっはっ！　と愉快《ゆかい》そうに笑うフルガさまを呆然と見据《みす》えるあたし。

え、何このアウェー感。

巷《ちまた》では馬鹿イグザの女になるのがブームなの？
てか、あいつ本当に何してんの……。
「く、うぅ……」
——ずーんっ。
そしてあんたも絶望に打ちひしがれていないでちょっとは会話に参加しなさいよね。
そんな泣くようなことじゃないでしょうが……。

95章　神を殺せる唯一の者

「おらあっ！」

――がきんっ！

「ぬうんっ！」

――どがんっ！

一撃一撃が致命傷になり得る攻防を繰り広げていたのは、オフィールとボレイオスだった。

以前は素《す》の状態でオフィールを負かしていたボレイオスだったが、雷の力と鳳凰紋章《フェニックスシール》の強化の前ではさすがに余裕をかましてはいられなかったようで、エリュシオン同様すでに〝獣化〟済みだ。

〝獣化〟はより魔物に近い形態になる戦闘フォームのようなもの。

それゆえか、今のボレイオスは全身が毛で覆《おお》われ、肥大《ひだい》化した筋肉とともに頭部も完全に牛のそれとなっていた。

「なるほど。貴様らはあの男があってはじめて潜在能力の全《すべ》てが解放されるのだな」

「おうよ！　だから今は身体《からだ》中に力が漲《みなぎ》ってるぜ！」

まるで炎のようなオーラを揺らめかせ、オフィールがにっと歯を見せて笑う。

すると、ボレイオスも口元に笑みを浮かべて言った。

「それは実に頼もしい限りだ。強者を打ち倒すことこそが我が喜びなのだからな」

「はっ、そいつも負けちまったらそこで終わりだけどな！」

——どぱんっ！

雪面を蹴《け》り、オフィールが聖斧《せいふ》を振りかぶってボレイオスに肉薄する。

「問題はない。何故《なぜ》なら敗《やぶ》れるのは貴様だからだッ！」

ずがんっ！　とボレイオスの剛撃《ごうげき》もまたオフィールを襲《おそ》ったのだった。

◇

各所で争いが繰り広げられている中、唯一未《ゆいいついま》だに戦闘を行っていない者たちがいた。

〝杖《つえ》〟の聖女——マグメルと、〝盾《たて》〟の聖女——シヴァである。

すでに〝杖〟の聖者であるヘスペリオスを倒している以上、この組み合わせになるのは当然のことだったのだが、相手は〝聖者〟ではなく同じ〝聖女〟である。

ゆえにマグメルは何故聖者側についたのかと、その疑問をぶつけていたのだ。

「答えてください、シヴァさま。あなたの行動は不可解すぎます。何故私《わたくし》たち……いえ、イグザさまに助言するような真似《まね》をしたのですか？」

「だってそうすればより早く目的が達成できるでしょう？　でも最初から答えを言ったらつまらないもの。だからヒントを教えてあげたのよ」

「でも現状あなたの仰《おつしや》る〝七人の聖女〟は集まってはいません。これはあなたの望み通りなのですか？」

「さあ、どうかしらね？　所詮《しよせん》は占いだし、深い意味などないかもしれないわよ？」

「この状況でそれが通じるとでも？」

じろり、と鋭く睨《にら》みを利《き》かせるマグメルに、シヴァは肩を竦《すく》めながら言った。

「まあそうでしょうね。じゃあ私からも一つだけ教えてあげる。どうしてオルゴーはわざわざレアスキルを七つに分けたのかしらね？」

「それは様々な状況に対処するためではないのですか？」

マグメルの答えに、シヴァは首を横に振って言う。

「いいえ、違うわ。七つ全てが〝揃《そろ》わない〟ようにするためよ」

「揃わないようにするため……？」

「そう。ほかの凡庸《ぼんよう》なスキルとは違って七つのレアスキルは世界を守るためのもの。その相手は魔物だけに留まらず、当然同じ人類や亜人《あじん》にも適用されるわ。もちろん〝それ以上の脅威《きようい》〟

に対してもね」

「それ以上の脅威って……まさかっ⁉」

はっと両目を見開くマグメルに、シヴァは不敵に口元を歪《ゆが》めて頷《うなず》いたのだった。

「そう、もし全てのレアスキルを一つにできる者が本当に存在するのなら、彼は殺せるでしょうね――〝不滅の神〟すらをも」

◇

「はあっ！」

――がきんっ！

ずざざっ、と雪の中を滑りながら構え直しているエリュシオンを前に、俺は違和感を覚えていた。

なんというか、手応《てごた》えがおかしいのである。

確かに向こうも全力で攻撃を仕掛けてきてはいるのだが、ある瞬間を境《さかい》に力を抜くというか、そうかと思えば一気に攻勢に出たりと、まるで釣りでも楽しんでいるかのように緩急《かんきゅう》をつけている感じなのだ。

これはあきらかにおかしい。

ゆえに俺はやつの誘いには乗らず、その場でぴたりと足を止める。

すると、エリュシオンは小首を傾《かし》げながら問うてきた。

「どうした？　よもや戦意を喪失《そうしつ》したわけではあるまい？」

「いや、あんたが何か企《たくら》んでそうだったんでな。少しリズムを乱させてもらったんだ」

「ふむ、なるほど。やはりそう簡単に誘いには乗らぬか」

「そりゃこんだけ不自然な動きをされればな」

「そうか。それは残念だ」

あっさりと認めたエリュシオンを、俺は訝《いぶか》しげに見据《みす》えていたのだが、

「――だが少々遅かったようだな」

ざんっ！　とやつは再び雪原に神器《じんぎ》を突き刺す。

「――っ!?」

その瞬間、俺の足元に光る陣形《じんけい》のようなものが浮かび上がったのだった。

96章　封印崩壊

その少し前のこと。

ティルナの相手は同じ《皇拳《おうけん》》のレアスキルを持つシャンガルラだったが、彼は一向に獣化しようとはしなかった。

ティルナのことを甘く見ているのか、それとも何かできない理由があるのかはわからないが、彼はそのままの姿でティルナと激闘を繰り広げていたのである。

だがほかの聖女たち同様、雷の力と鳳凰紋章《フェニックスシール》の恩恵を受けたティルナは以前よりも格段に強くなっており、完全にシャンガルラを圧倒していた。

「はあっ！」

――ごっ！

「ちいっ!?」

シャンガルラが鬱陶《うっとう》しそうに舌打《したう》ちするも、だからといって獣化するわけでもなく、彼は身体《からだ》を翻《ひるがえ》して着地する。

シャンガルラの性格上、ここまで追い詰められて黙っていられるはずがない。

それを訝《いぶか》しんだティルナは、彼にその真意を問うた。

「どうして本気で戦わないの？」

「あっ？　んなもん戦う必要がねえからに決まってんだろ？」

「それは嘘《うそ》。あなたの目的は〝退屈しのぎ〟だと聞いている。ならこの状況はもの凄《すご》く退屈なはず。なのにあなたは本来の力を出そうともしない。それは何故《なぜ》？」

「ちっ、こんなガキにまで気遣《きづか》われてりゃ世話ねえな」

がしがしと不機嫌そうに頭を掻《か》くシャンガルラだったが、次の瞬間、彼の顔つきが変わる。

「はっ、ならちょうどいい！　その理由を教えてやるよ！」

「――っ!?」

そしてシャンガルラはティルナの頭上を大きく飛び越えると、ずがんっと雪原に拳《こぶし》を叩《たた》きつけた。

そんな彼の視線の先にいたのは、エリュシオンと戦闘中のイグザであった。

◇

一体これはなんなのか。

困惑《こんわく》する俺の目に飛び込んできたのは、俺の周囲をぐるりと囲んでいる聖者たちの姿だった。

しかも全員が神器《じんぎ》を雪面に触れさせており、そこから伸びる光の線同士が結ばれ、陣形《じんけい》を描いているように見えた。

「イグザ！」

――ばちっ！

「ぐっ⁉」

「アルカ⁉」

すかさず助けようとしてくれたアルカだったが、一度発動した術式《じゅつしき》はかなり強力なもののようで、彼女は近づくことすらできなかった。

「くっ、ダメね……っ。弓も通らないわ……っ」

それはほかの皆も同じだったらしく、一様《いちよう》に唇《くちびる》を嚙《か》み締めていた。

そんな中、エリュシオンが「無駄だ」と首を横に振って言った。

「これは我らが女神の封印《ふういん》を破るための術式。一介《いっかい》の聖女如《ごと》きに砕《くだ》けるものではない」

「あんた、まさか最初からそのつもりで……っ⁉」

「然《しか》り。元より貴様らとまともにやり合うつもりなどない。我らの第一目的は終焉《しゅうえん》の女神――フィーニスの復活にほかならないのだからな」

「エリュシオン……っ。――ぐ……っ」

がくっ、と俺は雪原に片膝《かたひざ》を突く。

まるで身体中の力を全《すべ》て吸い出されているかのような感覚だ。

いつの間にやらスザクフォームも解除されており、俺は為《な》す術《すべ》もなくエリュシオンを睨《にら》み続ける。

すると、陣形がさらに輝きを増し、光が天高く昇っていった。

そんな時だ。

「「「「――っ⁉」」」」

俺の近くの雪面からぬうっと白い人の手のようなものが伸びてきたのである。

フルガさまを引きずり込んだ時のものに酷似《こくじ》した女性の手だ。

しかも手だけではなく、今度は身体ごと這《は》い出してきたではないか。

「……あ……うぅ……」

――若い女性だった。

どこか子どもっぽさを残してはいるものの、きりっとした顔立ちの美しい女性だ。

とても〝魔物の女王〟と言われるような感じには見えないのだが、この人が本当に終焉の女神――フィーニスさまなのだろうか。

と。

「……」

「！」

ふいに彼女と目が合う。

すると、フィーニスさまは柔らかく微笑《ほほえ》んで手を伸ばしてきた。

「私の、可愛《かわい》い子……。可愛い、子……」

「え、えっと……」

俺がどうしたらいいか困惑していると、エリュシオンが彼女の側《そば》に跪《ひざまず》いて言った。

「我らが女神――フィーニスよ。盟約に従い、あなたの封印をここに解き放ちました。今こそ我ら亜人《あじん》のため、その大いなるお力をお貸しください」

「！」

そうだ。

フィーニスさまの封印が解けたということは、彼らの望む亜人だけの新世界にまた一歩近づいてしまったということ。

なんとかしなければ……っ。

そう思って唇を噛み締めていた俺だったのだが、

――ずしゃっ！

「……えっ？」

その瞬間、なんとも奇妙な音が辺《あた》りに響き渡り、俺は視線を上げる。

「――なっ⁉」

そこで目にしたのは、なんとフィーニスさまの指先が伸び、エリュシオンの胸元を貫通している姿だった。

「が……っ⁉　な、何故……っ⁉」

血を吐き、困惑している様子のエリュシオンに、フィーニスさまは冷たい表情でこう告げたのだった。

「……亜人は、いらない……」

97章　可愛い我が子との世界

「おいおい、話がちげえぞ!?」

「エリュシオン殿!?」

当然、聖者たちにとっても予想外の事態のようだったが、救援に来ようとしていた彼らを手で制し、エリュシオンはフィーニスさまに問う。

「……何故《なぜ》だ？　女神フィーニス……。あなたは我らの願いを聞き届けてくれるのではなかったのか……？」

「もちろん願いは叶《かな》えてあげる……。人の根絶……。そして亜人《あじん》の根絶……」

「違う！　滅ぼすのは人間だけだ！　何故亜人まで滅ぼそうとする!?　そんなことを願った覚えはない！」

感情を剝《む》き出しにして否定するエリュシオンに、フィーニスさまはゆっくりと小首を傾《かし》げて言った。

「あなたこそ何を言っているの……？　私の願いは可愛《かわい》い我が子と一緒にいること……。可愛い我が子と〝だけ〟一緒にいること……」

「なん、だと……っ!?」

「だから亜人は必要ない……。人間もいらない……。私と私の可愛い子どもたちだけがいれば
それでいいの……」

「ぐっ、我々を騙《だま》したのか……っ」

ぎりっ、と唇《くちびる》を噛《か》み締め、エリュシオンがフィーニスさまを鋭く睨《にら》みつける。

だがフィーニスさまは相変わらず小首を傾げており、エリュシオンが何故怒っているのか理
解できていないようだった。

と、次の瞬間。


「――〝三皇封天の帳《トライクロスガロウズ》〟ッッ!!」

――がきんっ！


「！」

突如《とつじょ》現れた三つの盾《たて》に押さえつけられ、平然としているフィーニスさまごと雪面が陥没《かんぼつ》する。

もちろん術技《じゅつぎ》を放っていたのは〝盾〟の聖女――シヴァだった。

「やれやれ、こうなってほしくはなかったのだけれど……っ」

彼女はそう精一杯《せいいっぱい》の余裕を顔に浮かべ、俺に対して声を張り上げてきた。

「今よ、坊や！　私が抑えているうちにフィーニスを殺しなさい！　今のあなたにならそれができるはずよ！」

「えっ……」

それは一体どういう……。

というか、フィーニスさまを殺せって……。

突然のことに困惑《こんわく》する俺だが、

「――〝《神纏《グランド》》蛇龍螺旋鞭《スパイラルバインド》〟ッッ!!」

ぎゅいんっ！　とマグメルの水属性術技がさらにフィーニスさまをぐるぐる巻きにして縛《しば》りつけるように拘束《こうそく》する。

そして彼女もまた声を張り上げて言った。

「イグザさま！　詳《くわ》しい説明は後ほどしますが、七つの疑似《ぎじ》レアスキルを持つあなたならば〝不滅の神すら滅ぼせる〟とシヴァさまは仰《おつしや》いました！　癪《しやく》ですが、私《わたくし》もフィーニスさまをこのままにしておくのは危険だと思います！　ですから早く！」

「くっ……」

確かにマグメルの言うことはもっともだ。

このままでは古《いにしえ》の争いがそのまま再現されてしまうことだろう。

そうなるくらいなら今ここで彼女を討《う》つ——それはわかっているんだ。

でも……いいや、迷うな！

皆が作ってくれた最大にして最後かもしれないチャンスなんだ！

迷わず——戦えッ！

ごうっ！　と炎を纏《まと》い、俺は再びスザクフォームへと変身する。

同時に片刃の長剣を顕現《けんげん》させ、覚悟を決めてフィーニスさまに斬《き》りかかろうとしたのだが、

「……邪魔」

——どばんっ！


「「——なっ⁉」」

彼女がそう口にした瞬間、一瞬にして全《すべ》ての拘束が弾《はじ》き飛ばされたではないか。

しかも。

「あなたもいらない……」

——ずどっ！

「──がはっ⁉」

　構えた聖盾《せいじゅん》ごとシヴァの身体《からだ》を指で貫《つらぬ》き、彼女は糸の切れた人形のように雪の中へと倒れ伏す。

「シヴァさま！」

「ったくなんなんだよこいつは⁉」

　シヴァを救いに駆けるマグメルを、オフィールが護衛《ごえい》に入ろうとする中、

「──いい加減にしろ、女神フィーニスッ！」

　ぶおんっ！　とボレイオスがフィーニスさまの背後で斧《おの》を振り上げる。

　ミノタウロス種のボレイオスが獣化して放った全身全霊の一撃だ。

　まともに受ければフィーニスさまのか細い身体など木っ端微塵《こっぱみじん》になってしまうことだろう。

　が。

「どうしたの……？」

「ぐうっ⁉」

　ボレイオスの一撃が振り下ろされることはなかった。

　何か術技でも使われたのか、斧を振り上げたままの姿勢で固まっていたのだ。

　そんなボレイオスの身体にそっと触れながら、フィーニスさまは言った。

「あなたのそれは私の力……。だから私を傷つけることはできない……」

「ぐっ、ならば……っ。――ぬうっ!?」

　神器《じんぎ》を手放そうとするも、まるで手に吸いついているかのようにそれは離れず、それどころか神器から伸びてきた黒いオーラが徐々《じょじょ》に彼の腕を変色させていく。

「ぐおお……っ!?　こ、これは……っ!?」

「ふふ、あなたはあの子のためのお人形になるの……。いっぱい遊んであげてね……」

「があああああああああああああああああああっ!?」

「ボレイオス……っ」

　エリュシオンが口惜《くちお》しそうに唇を噛み締める中、神器の浸食《しんしょく》はさらに進み、やがてボレイオスは黒色の巨人――フィーニスさまの言う〝お人形〟へとその姿を変えてしまったのだった。

「おいおい、冗談だろ!?　――ぐうっ!?」

「い、嫌だ!?　僕は人形になんかなりたくない!?　うわあああああああっ!?」

ボレイオスに続き、ほかの聖者たちも次々に神器《じんぎ》に浸食《しんしょく》されていく。

「くっ……」

未《いま》だ浸食されていないのは、幸か不幸か神器から手を離していたエリュシオンのみだった。

と。

「ぐっ!?　――があっ！」

――ずしゃっ！

〝槍《やり》〟の聖者――アガルタが自身の左腕ごと神器を切り飛ばす。

その甲斐《かい》あってか、アガルタの浸食はそこで止まったようだった。

「おい、アガルタ！」

「……？」

そんな中、四肢《しし》から同時に浸食されていたシャンガルラがアガルタを呼びつける。

彼は必死の形相《ぎょうそう》でアガルタに告げた。


「――さっさと俺を殺せ！」


「――っ⁉」

当然、驚くアガルタにシャンガルラは声を荒らげて続ける。

「あんなやつの奴隷《どれい》になるくらいなら死んだ方がマシだ！　早くしろ！　もう抑えが利《き》かねえ
……っ」

「くっ、悪く思うな、シャンガルラ！」

――ずどっ！

「――がっ⁉　わ、わりぃ……手間《てま》かけた、な……ぐふっ」

アガルタの手刀《しゅとう》に胸を貫《つらぬ》かれ、シャンガルラが不敵な笑みとともに絶命する。

「……気にするな。貴様の無念は必ず晴らしてやる」

そう厳《おごそ》かに鎮魂《ちんこん》の言葉を口にするアガルタだったのだが、

――ぎゅるんっ！

「――なっ⁉　ぐあああああああああああああああああっ⁉」

止まったと思っていた浸食が逆に加速し、そのまま彼をも呑《の》み込まんと腕を駆け上がってきたではないか。

「嘘《うそ》だろ……。取り込まれちまったぞ、あいつ……」

「あれは危険……っ。絶対に近づいちゃダメ……っ」

女子たちも警戒《けいかい》を強める中、俺ははっとあることに気づき、シヴァを治療中のマグメルに向けて声を張り上げる。

「マグメル！　今すぐ聖神器《せいじんぎ》から手を離すんだ！」

「えっ？」

「早く！」

「は、はい！」

そう、聖神器も元は神器。

フィーニスさまの意志一つで分離させられるかもしれなかったからだ。

事実、古《いにしえ》の争いではそれが原因で聖具が作られているのだ。

その可能性は十分にあるだろう。

が。

「……？」

マグメルが不思議そうに小首を傾《かし》げる。

彼女が雪の上に投げた聖神器はとくになんの反応も示さず、今も神々《こうごう》しい輝きを湛《たた》えていたからだ。

一体どういうことだろうか。

マグメルを〝人形〟とやらにするつもりはないということなのか……？

「ふふ……」

「！」

俺が訝《いぶか》しげにその様子を窺《うかが》っていると、ふいに背後から女性の笑い声が聞こえた。

――フィーニスさまだ。

彼女は俺に優しく微笑《ほほえ》みかけながら言った。

「心配しなくても大丈夫……。彼女たちをお人形にしたりはしないから……」

「……それは、どうしてですか？」

「だって彼女たちはあなたのものでしょう……？　ならいずれ私の子になる子たちだもの……」

「……でも俺と同じ〝人間〟ですよ？」

控《ひか》えめに問う俺に、フィーニスさまは再度「大丈夫……」と微笑して言った。

「もうすぐ〝人〟じゃなくなるから……」

「……」

当然、それがどういう意味なのか問いたい気持ちはある。

だがもしそれでフィーニスさまの気が変わったら最悪だ。

今は気まぐれで彼女たちを見逃してくれてはいるが、聖者たち同様、一度〝いらない〟となれば容赦《ようしゃ》なく殺すことだろう。

同じ聖女のシヴァですらあのように瀕死《ひんし》の重傷を負わされたのだ。

今はとにかく慎重に行動しなければ……。

ごくり、と俺が固唾《かたず》を呑《の》み込む中、フィーニスさまは右手を天高くかざす。

――きんっ！

すると、雪面に突き刺さったままだったエリュシオンの神器が勢いよく飛んできた。

「あとはあなただけ……」

それを手にしたフィーニスさまは、悠然《ゆうぜん》とエリュシオンの前に立つ。

彼女が口にしたように、すでにほかの聖者たちは皆黒いオーラに包まれ、フィーニスさまの意のままに操《あやつ》られる人形と化していた。

「……舐《な》めるなよ、女神フィーニス」

「？」

だがエリュシオンとて聖者たちのリーダー格だった男である。

ずがんっ！　と衝撃波を巻き起こしながら立ち上がった彼は、手に闘気《とうき》の剣を顕現《けんげん》させながらこう告げたのだった。

「全《すべ》てが貴様の思い通りにいくと思ったら大間違いだ」

ともあれ、どうやらフルガさまは今まで馬鹿《ばか》イグザたちと一緒にいたらしいのだが、突如《とつじょ》襲撃してきた聖者たちの罠《わな》に嵌《は》まり、異空間に閉じ込められていたという。

何故《なぜ》聖者たちに襲《おそ》われたのかはよくわからないが、迂闊《うかつ》に尋《たず》ねて面倒《めんどう》ごとに巻き込まれても困るので、その件については触れないようにしようと思う。

なんかもの凄《すご》く面倒そう感がびしびし伝わってくるし。

もっとも、フルガさまも「まああいつらなら大丈夫だろ」と言ってるくらいなので、大した問題でもないのだろう。

ならばここは遠慮なく本題に入らせてもらうしかあるまい。

「あの、イグニフェルさま……？」

「ああ、そういえばそうだったな。ちょうどいい。そなたも力をくれてやれ、フルガ。この娘は真っ当に聖女の務めを果たしているようだからな」

「へえ、そりゃご苦労なこった。つってもあれだろ？　どうせこいつもイグザに抱かれんだろ？　なら別にいいんじゃねえか？」

「「えっ？」」

思わず目が点になるあたしと豚《ぶた》。

は、はあっ!?

あ、あたしが馬鹿イグザにだ、抱かれるってどういうことよ!?

あ、頭おかしいんじゃないの、このハレンチ女神!?

当然、内心突っ込みの止まらないあたしだったが、そこは努めて冷静に聖女ムーブで問いかける。

「あの、仰《おっしゃ》っている意味がよくわからないのですが……」

「そ、そうですぞ！　聖女さまには心に決めた殿方《とのがた》がいるのですからな！」

……えっ？

何故かどや顔でそう言い切る豚に、あたしは呆然《ぼうぜん》と目を瞬《しばたた》かせる。

いや、もしかしてだけど、あんたそれ自分のことじゃないわよね!?

確かにロリコン疑惑で好きな女性のタイプを聞いて以降、ちょっと勘違《かんちが》いしている節《ふし》が要所要所に見て取れたけれど、断じてあんたじゃないからね!?

てか、そもそもそんな人いないし!?

「あん？　そうなのか？　てっきり聖女は全員あいつの女になる運命なのかと思ってたんだけ

どな。すでに五人も侍《はべ》らせていやがったし」

「ふふ、まさか」

いや、気合いで冷静を装ったけど、五人も侍らせてるってどういうことよ!?

というか、その前にあなたたち三人も手を出されてるのよね!?

じゃあ合計八人じゃない!?

い、いや、この様子だとまだまだいるわ!?

ひいっ!?

もう性欲おばけよ、おばけ!?

あわわわわ……っ!?　と内心がくぶるするあたしに、フルガさまは「そうかい。ならしょうがねえな」と頭を掻《か》きながら続けた。

「面倒だがお前にぴったりの力をくれてやるよ。〝人間どもを笑顔にする力〟ってやつをな」

いや、それ以前に〝面倒〟って何よ!?

性欲おばけの毒牙《どくが》にかかったくせに!?

「あ、ありがとうございます……」

若干《じやつかん》引き攣《つ》った笑みであたしがお礼を言うと、両女神は宣言通りあたしたちに力を授けてくれた。

イグニフェルさまからは〝再生〟の、フルガさまからは〝破壊〟の力だ。

さすがにこの二つなら馬鹿イグザの度肝《どぎも》を抜くようなスキルになるのではと若干期待していたあたしだったのだが、

『スキル――《聖処女》：純潔を失う前の心身に回帰できる』

『スキル――《腹筋崩壊《ほうかい》》：対象を強制的に抱腹《ほうふく》状態にできる』


もうなんなのよこれー!?

え、女神って頭悪いのしかいないの!?

てか、イグニフェルさまのはあきらかに馬鹿イグザの話を聞いて気遣《きづか》った感じよね!?

だから抱かれないって言ってるでしょうが!?

なに抱かれて後悔したあとの心身のケアをしようとしてくれちゃってんのよ!?

いらないわよ、そんなもの!?

そしてフルガさまのはもうなんなの!?

〝人々を笑顔にする〟ってそういう意味じゃないのわかってやってるでしょあんた!?

「つーわけで頑張れよ、聖女さま」

「……（イラッ）」

ぽんっ、とにやけ面《づら》で肩を叩《たた》いてくるフルガさまに、あたしが内心ぶっ飛ばすわよこのクソ女神と青筋を浮かべていた時のことだ。

「「――っ!?」」

ふいに両女神の顔色が変わり、イグニフェルさまは愕然《がくぜん》として、こう口にしたのだった。

「……フィーニス!?」

……。

いや、〝フィーニス〟って誰よ!?

99章　女神の呪詛

それは一瞬の出来事だった。

「……えっ？」

ざんっ！　と神速《しんそく》の抜刀《ばっとう》術が容赦《ようしゃ》なくフィーニスさまの首を刎《は》ね飛ばしたのである。


――ぶしゅうううううううううっ！


遅れてその首元から噴水《ふんすい》のように鮮血が噴《ふ》き出る中、エリュシオンは「やはりな」と彼女の方を振り返って言った。

「いくら強大な力を持とうが、所詮《しょせん》貴様は戦《いくさ》に特化した女神ではない。当然の結果だ。まあそれでも殺すまでにはいたらんがな」

「あっ……あっ……」

ぼとり、とフィーニスさまの首が雪の中に落ち、彼女は愕然《がくぜん》と目を見開く。

確かにエリュシオンの言ったとおり、まだ息があるようだった。

不滅の神ゆえ当然なのだろうが、なんとも凄惨《せいさん》な光景に思わず目を覆《おお》いたくなる。

そんな中、フィーニスさまは憎悪《ぞうお》に顔を歪《ゆが》めてこう言い放った。

「……嫌い！　嫌い！　嫌い！　嫌い！　……亜人《あじん》を──殺してッ！」

「「「グオオオオオオオオオオオオオオオオオオオオオオッッ‼」」」

その瞬間、人形化した聖者たちが一斉《いっせい》にエリュシオンへと襲《おそ》いかかった。

同時にずずずとフィーニスさまの頭と身体《からだ》が雪面にできた黒い渦《うず》へと沈んでいく。

「亜人……亜人……亜人……っ！」

──離脱するなら今しかない！

「──皆！」

「「「！」」」

俺は即座に皆に声をかけ、ごごうっとヒノカミフォームに変身する。

「いい判断だ、小僧《こぞう》。救世主としてせいぜい考えることだな──〝女神を止める算段〟とやらを」

そしてエリュシオンが聖者たちの相手をしている中、俺たちはシヴァを連れ、その場を離脱したのだった。

◇

そのままなんとかエストナまで戻ってきた俺たちは、宿でシヴァの治療を行う。

「これは……」

「恐らく〝呪詛《じゅそ》〟の類《たぐい》ですね……。それもかなり強力な……」

だが肉体の傷は完全に塞《ふさ》がったものの、彼女の身体にはところどころ黒い痣《あざ》のようなものが刻《きざ》まれていた。

「ふふ、さすがは〝終焉《しゅうえん》の女神〟といったところかしら……？　性格の悪さは折り紙つきね……うっ」

痣が痛むのか、シヴァが苦悶《くもん》の表情を見せる。

スザクフォームの再生術や浄化でも治せないとなると、今の俺たちでは打つ手がない。

一体どうすれば……。

「あら、心配してくれるの……？　私はあなたたちの敵なのに……」

シヴァが青白い顔に笑みを浮かべながらそう尋《たず》ねてくる。

呼吸も荒いし、かなり辛《つら》そうだ。

「ええ、そりゃしますよ。だってあなたは俺たちの〝味方〟なんですから」

「……何故《なぜ》そう思うのかしら？」

「いや、何故と言われても……。むしろどうして俺に《宝盾《ほうじゅん》》の力を……神を殺せるよう聖女たちを集めろと言ったんですか？　それは元々あなたがフィーニスさまを殺すつもりだったからですよね？」

「さあ、どうかしらね……」

ふふっと妖艶《ようえん》に笑いつつも、シヴァは苦痛に顔を歪める。

「ふむ、とにかく今はこいつの治療が最優先だ。イグザの力でも無理となると、イグニフェルさまあたりに頼むしかあるまい」

「そうね。もしくはトゥルボーさまかしら？　彼女ならイグザ以上に強力な〝死〟の排斥《はいせき》ができるでしょうし」

「無駄よ……。女神五柱《いつはしら》分に相当する力の持ち主から受けた呪詛だもの……。一介《いっかい》の女神に解呪《かいじゅ》できるような代物《しろもの》ではないわ……。それにこの呪《のろ》いはきっと私が死んでも消えることはない……。だから私の役目はここまで……。そういう運命だったのよ……」

「そんなこと言わないでください……。俺たちが必ずあなたを助けますから……」

「ふふ、ありがとう……。でももういいの……。私はもう自分の定めを受け入れているのだから……」

そう言ってシヴァ……いや、シヴァさんが儚《はかな》げに笑う。

……ダメだ。

この人はもう生きる希望を失っている。

恐らくは強大すぎるフィーニスさまの力を目《ま》の当たりにしたことで、今さら何をしても無駄だと絶望してしまっているのだろう。

確かにその気持ちもわからなくはない。

だがそれでも俺は……っ、と悔《くや》しさに顔を顰《しか》めていた——その時だ。


「——あーもううだうだ言ってんじゃねえよ！」


オフィールが苛立《いらだ》たしげにそう声を張り上げ、さらにこう続けたのである。

「イグザが〝助ける〟っつってんだろ⁉　ならぜってえなんとかなるんだよ！　こいつはそういう男なんだ！　だったら大人しく助けられてりゃいいじゃねえか！　それを運命だなんだとしみったれたことばっか言いやがって！　そんなんだからあの女神に一杯食わされんだよ、おばさん！」

「お、おば……っ⁉」

オフィールの言葉に、病床のシヴァが敏感に反応する。

「あ、あのね、私これでもまだ〝27〟なのだけれど……？」

が。

「いや、普通にババアじゃねえか」

「ババ……っ!?」

オフィールの中では女性も30近くになるとババア扱いらしい。

むしろトゥルボーさまの外見に近いくらいの年齢だからだろうか。

俺の中では全然お姉さんなんだけどな……。

ともあれ、シヴァさんの怒りに火を付けたことはあきらかだった。

「ふ、ふふ、いい度胸《どきょう》だわ……。このまま大人しく退場しようかと思ったけれど、考えを改めました……。というわけで、坊や……。あなたの力を私に貸してもらうわよ……？」

「えっ？　でも俺の力じゃ……」

「いいえ、あなたの力があれば私を治すことができるわ……」

「え、そうなんですか!?」

驚く俺に、シヴァさんはこくりと頷《うなず》いて言った。

「ええ、もちろん……。だからあなたの力を私に貸してちょうだいな……」

「わ、わかりました！　俺にできることなら力になります！」

そう頷く俺に、シヴァさんは「ありがとう……」と嬉《うれ》しそうに笑ってこう続けたのだった。

「なら――今すぐ私を抱きなさい……」

「……へっ？」

「「「はああああああああああああっ⁉」」」

当然、俺の目は点に、女子たちの眉《まゆ》はハの字になったのだった。

なんでも五柱《いつはしら》の女神の力――つまりは女神オルゴーに近い力を持つ俺と交わることで、身体《からだ》の〝内側〟から呪詛《じゅそ》を浄化させるというのがシヴァさんの考えらしい。

言うなればテラさまを浄化した時のようなやり方だ。

内側から一気に弾《はじ》き飛ばすような形で浄化すれば、今の俺でもフィーニスさまの呪詛を相殺《そうさい》できるかもしれないと、シヴァさんはそう言った。

ゆえに〝抱け〟という話なわけだが……ま、まあものは試しだからな……。

命が懸《か》かっている以上、そういうことならばと俺も力強く頷《うなず》いたわけだ。

何故《なぜ》か女子たちから胡乱《うろん》な瞳《ひとみ》を向けられ続けていたのはさておき……。

「色気がなくてごめんなさいね……。本当はもっといやらしく誘惑してあげたかったのだけれど……」

二人きりになったベッド上で、目元の布と身体の紐《ひも》以外一糸纏《まと》わぬ姿になったシヴァさんが横たわったまま微笑《ほほえ》む。

そんな彼女に、俺は「いえ」とかぶりを振って言った。

「あなたは十分魅力的です。それにその、とても綺麗《きれい》だ」

呪詛の痣《あざ》などなんのその。

惜《お》しげなく晒《さら》された色白の肢体《したい》に、堪《たま》らず俺は生唾《なまつば》を呑《の》み込む。

大人の色香とでも言うのだろうか。

病床にありながらも、シヴァさんの艶《なま》めかしさはまったく減じることはなく、むしろ儚《はかな》さを加えられたことで一層引き立てられているようにも見えた。

「ふふ、ありがとう……。そんなに興奮《こうふん》してくれて嬉《うれ》しいわ……」

「うっ……」

すでにはち切れんばかりに反《そ》り勃《た》つ一物《いちもつ》を見やり、シヴァさんが蠱惑《こわく》的に笑う。

なんか凄《すご》く恥《は》ずかしいのは気のせいだろうか。

今までも年上の女性を相手にしたことは少なからずあったのだが、こういう本当に〝お姉さま〟という雰囲気《ふんいき》を持つ人ははじめてだったからな。

ちょっと緊張しているのかもしれない。

「じゃあいらっしゃい、坊や……。お姉さんが優しく包み込んであげる……」

「……っ」

そう言って両足を大きく開いたシヴァさんに、俺は再びごくりと喉《のど》を鳴らす。

　彼女の姿があまりにも官能的《かんのう》だったというのもさることながら、まだ何もしていないのにシヴァさんのそこがとろりと愛蜜《あいみつ》で溢《あふ》れていたからだ。

　どうしてそんな……、と思わず見入ってしまった俺に、シヴァさんは「不思議かしら……？」と秘所を指で開きながら言った。

「人の身体は弱った時ほど子孫を残そうとするわ……。そこにそんな逞《たくま》しいものを見せつけられたんだもの……。こうなるのは当たり前でしょう……？」

「た、確かに……」

「ふふ……。だから、ね……？　早くあなたのその大きいので私の中を満たしてちょうだいな……」

「シヴァさん……っ」

　もう我慢《がまん》できないとばかりにシヴァさんの上に覆《おお》い被《かぶ》さる俺だが、

「んっ……」

「！」

　一物を突き入れる直前でとあることに気づき、俺はそれを彼女に尋《たず》ねる。

「もしかしてはじめてなんですか……？」

「あら、意外かしら……？　これでも身持ちは堅いのよ……？」

「いや、身持ちは堅いって……。その、こんな状況で言うのもなんですけど、本当に俺でいいんですか……？」

「ふふ、今さら何を言っているの……？　よくなければあんな小娘の挑発《ちょうはつ》になんて乗りはしないわ……。あなたがいたから乗ったのよ……？」

「そ、それはどういう……」

いまいち話が理解できていない俺の頬《ほお》にそっと手を添え、シヴァさんは言った。

「ごめんなさいね……。あなたと交われば女神フィーニスの呪詛を浄化できると言ったけれど、あれは嘘《うそ》なの……」

「えっ……」

「だってそうでも言わないと私を抱く流れにはならなかったでしょう……？」

「な、流れですか……？」

「ええ、そうよ……。本当はね、鳳凰紋章《フェニックスシール》であなたのものだと認識させることで、強引に彼女の抹殺《まっさつ》対象から外すことが私の目的なの……。覚えているかしら……？　女神フィーニスがあなたに言ったことを……」

「え、ええ、もちろんです」

確かにフィーニスさまは俺のもの（と言うと少々語弊《ごへい》があるのだが）である聖女たちはいずれ自分の子になる存在だから見逃す的なことを言っていた。

ならばシヴァさんの予想もあながち間違ってはいないのかもしれない。

「でも鳳凰紋章《フェニックスシール》は……」

「ええ、わかっているわ……。あれは本当の意味で心身ともに繋《つな》がった絆《きずな》の証《あかし》……。つまりは互いに本気で信頼し、愛し合っていないと絶対に刻《きざ》まれることはない……。そうでしょう……？」

「……はい、そのとおりです」

静かに頷く俺に、シヴァさんはふふっと微笑んで言った。

「だからね、私は嘘を吐いたの……。女神オルゴーに近いあなたに抱かれれば助かるって……。だってそう言えばたとえ敵であった私に鳳凰紋章《フェニックスシール》が刻まれたとしても、ただの快楽堕《お》ちで済ませることができるわ……。真面目《まじめ》なあなたが責任を取っただけで、あなたたちの信頼が揺らぐことはない……」

「そんなこと……。きちんと説明すれば皆もわかってくれるはずです！」

「ふふ、そうね……。でもそれは色々と落ち着いたあとの話……。あんなことがあった直後だもの……。普通は難しいわ……」

「……っ」

シヴァさんの言葉に、俺はぐっと唇《くちびる》を噛《か》み締めることしかできなかった。

確かにシヴァさんの真の目的はフィーニスさまを殺すことだった。

だがそのために俺を封印《ふういん》解除の生け贄《にえ》にしたのもまた事実だ。

俺を慕《した》ってくれている皆のことだ。

きっとその事実に対して憤《いきどお》りを覚えていることだろう。

そんな彼女が〝鳳凰紋章《フェニックスシール》で助かる〟なんて言い出したら、やっぱり納得できない部分が残ると思う。

以前から繋《つな》がりがあったのではないか、もしそうなら何故教えてくれなかったのかと。

「そんな顔をしないでちょうだい、優しい坊や……。あなたの言ったとおり、あとできちんと説明すればいいだけのことなのだから……」

「シヴァさん……」

「ふふ、じゃあそろそろ続きを始めましょうか……。あなたが私に心を開いてくれるのなら、必ず鳳凰紋章《フェニックスシール》は私の身体に刻まれるわ……。そうすれば私の命は助かる……。だから私を信じてちょうだい、イグザ……」

「……わかりました。俺はあなたを信じます、シヴァさん」

「ああっ……」

ずぷりっ、と腰を落とし、俺は彼女と一つになったのだった。

◇

「あっ……は、あっ……ああっ♡」

結果として――シヴァさんは全快した。

早めに苦痛をなくしてあげたいと《完全強化《イスラ》》を全開にした夜の王スキルで互いに一度目の絶頂を迎えた際、鳳凰紋章《フェニックスシール》が刻まれるのと同時に綺麗さっぱり痣が消え去ったからだ。

「んっ、あっ……いいっ……いいわ、坊や……そこ……あっ」

にもかかわらず、何故俺たちは未《いま》だに交わり続けているのか。

それに関してはその方が快楽堕ちの説得力が増すというシヴァさんの提案もさることながら、俺自身彼女の色香にがっつりやられているというのもあったりで……。

要は盛り上がってしまったわけですね……。

「はあんっ♡　あっ♡　あっ♡　イク♡　あっ、ああああああああああああああっ♡」

びくんっ、とシヴァさんが背筋《せすじ》を反らし、その豊満な乳房もまた生き物のように跳《は》ねる。

前から両腕を引くこの体位はおっぱいを腕で挟《はさ》み込むようにするため、彼女の巨乳が一層強調されるのである。

「……はあ、はあ……ああっ♡」

そんなシヴァさんのおっぱいを味わうかのようにむしゃぶりついた俺に、彼女は優しい声音《こわね》で言った。

「もう、甘えん坊さんなんだから……。でもいいわ……。いっぱい吸ってちょうだい……。それはもうあなただけの……あっ……そんな強く……あぁ……」

シヴァさんの熱い吐息《といき》を聞き、俺の一物が再び膨張《ぼうちょう》していく。

「や、凄い……ああっ♡　こ、こんなの本当に堕とされちゃう……お、堕とされ……んああっ♡」

ばちゅんばちゅんっ、と再度腰を打ちつけ始めた俺に、シヴァさんの蜜壺《みつつぼ》からも愛蜜がどんどん溢れ出てくる。

「あっ……だ、ダメよ、こんな恰好《かっこう》……恥ずかしい……はあんっ♡」

そんな中、俺はシヴァさんを後ろから抱えるようにして起こし、姿見《すがたみ》に向けて大きく開脚させる。

当然、そこには今まさに一つになっている俺たちの姿があり、燭台《しょくだい》の灯《あか》りに照らされた結合部からはとろりと白濁液《はくだくえき》がこぼれ落ちていた。

「……凄くいやらしいです、シヴァさん」

「いや、言わないで……。そんなことを言われたら私……あなたのことがもっと欲しくなっちゃうわ……ん、ちゅっ……れろ……ちゅぅ……」

深く口づけを交わし、その豊かな乳房を後ろから揉《も》みしだきながら俺は腰を動かし始める。

「ああっ♡　あ、あなたの逞しいのが……んっ、私の中をあんなにも激しく掻《か》き回して……はああっ♡　だ、ダメ、私またイっちゃう……あっ♡　い、イク♡　イク♡　イクううううううううううううううううううううううっっ♡」

「シヴァさん……っ」

びくびくぷしゃあっ、と激しく身体を痙攣《けいれん》させ、透明な液体を撒《ま》き散らしながら絶頂するシヴァさんとともに、俺もまた大量の精を彼女の奥底へと解き放ったのだった。

◇

と、そんな感じでシヴァさんは助かり、ほかの女子たち同様、今まで得た力も全《すべ》て注ぎ込まれたことになるので、以前よりも格段に身体が軽くなったと彼女は言っていた。

つまり解呪《かいじゅ》とともにパワーアップも完了したのである。

これで頼りになる仲間も増えてくれたことだし、万事《ばんじ》めでたしと言えよう。

うんうん、とそう頷いていた俺だったのだが、

「――おい」

「……はい」

なんとも怖い顔のアルカに呼ばれ、低姿勢で返事をする。

しかも横になったままで、だ。

別段、未だにシヴァさんとベッドの中にいるとか、そういうわけではない。

「ふふ♪」

――なでなで。

「……」

そう、がっつり膝枕《ひざまくら》されているのである。

何故かはよくわからないのだが、全快したシヴァさんが妙に優しいというかなんというか、凄く可愛《かわい》らしく「あ、そうだ。膝枕してあげましょうか？」と微笑んできたものだから、当然断れるはずもなく……。

「「「「……」」」」

――じとー。

「……」

その結果がこれである。

この状況で当のシヴァさんはまったく気にする素振りを見せないのだが、これが大人の余裕というやつなのであろうか。

年上のお姉さん恐るべしである……。

「で、いつまでお前はそいつを甘やかしているつもりだ？」

「あら、いいじゃない。たまには愛《いと》しのダーリンを労《いたわ》ってあげるのも妻の役目でしょう?」

「ふふ、面白《おもしろ》いことを仰《おっしゃ》るのですね。いつからあなたがイグザさまの妻になったと?」

ぴくぴくと目の笑っていない笑顔で追及するマグメルに、シヴァさんは余裕の笑みを浮かべて言った。

「もちろんついさっきよ。まさかあんなにも逞しいものを持っているなんて思いもしなかったもの。おかげでお姉さん、すっかり坊やの虜《とりこ》になっちゃったわ。こういうのを〝快楽堕ち〟とでも言うのかしらね?　ほら、鳳凰紋章《フェニックスシール》だってこのとおりよ」

「はっ、そいつは笑えるぜ。欲求不満な〝おばさん〟には少々刺激が強すぎたっつーわけだ」

不敵なオフィールの物言いにもまったく怯《ひる》んでいない様子だ。

「ふふ、若いだけで色気の欠片《かけら》もないグレートオーガちゃんにはわからないでしょうね」

「誰が色気の欠片もねえグレートオーガだ!?　つーか、なんでどいつもこいつもあたしをグレートオーガ呼ばわりすんだよ!?　全然似てねえだろうが!?」

そう抗議の声を上げるオフィールだったが、

「いや、割と似てるぞ」

「ええ、似てると思います」

「そうね。似てるわ」

「うん、似てる」

「おいーっ!?」

　まさかの裏切りである。

　ずーんっ、と一人落ち込んだ様子で両足を抱えているグレートオーガ……ではなくオフィールに俺が哀《あわ》れみの視線を向けていると、

「とにかく離れろ。不愉快《ふゆかい》だ」

　——ぐきっ。

「おふっ!?」

「あらあら」

　アルカが強制的に俺の頭を引っ張り始めた。

　てか、持つ場所おかしくない!?

　今〝ぐきっ〟て言ったぞ!?

「随分《ずいぶん》と野暮《やぼ》な子ね。せっかく楽しいひとときを過ごしていたのに」

「野暮で結構だ。とにかくこいつは私がもらっていく。反論は許さん」

　——ぐいっ。

「いや、取れちゃう取れちゃう!?」

「ちょっと待ってください。イグザさまは私《わたくし》と甘いひとときを過ごすんです」

　——ぐいっ。

「申し訳ないのだけれど、次は私の番よ」

――ぐいっ。

「違う。わたしがすでに予約済み」

――ぐいっ。

「あらあら、なら私ももう少し坊やを独占しちゃおうかしら」

――ぐいっ。

え、おかしくない!?

なんで全員で頭、右腕、左腕、右足、左足とバラバラに持っちゃうの!?

俺、宙に浮いてるんだけど!?

てか、死ぬ死ぬ!?

死なないけど死ぬ!?

「いや、おめえら何やってんだよ……」

オフィールのどん引きしたような突っ込みが室内に響く中、俺はもう拷問《ごうもん》の如《ごと》くぎちぎちと引っ張られ続けていたのだった。

「さてと、じゃあまずは何から話しましょうか」

とりあえず一通りわちゃわちゃした後、俺たちは現状を再確認するため、シヴァさんから話を聞くことにした。

ベッド脇《わき》に腰かけ、妖艶《ようえん》に足を組むシヴァさんに、アルカが睨《にら》みを利《き》かせながら切り込む。

「もちろんお前が聖者側についた理由からだ。言っておくが、我らはまだお前を信用したわけではないのだからな」

「あら、それは悲しいわ。でも坊やは違うわよね？　あんなにも激しく愛し合った仲だもの」

「え、いや、それはあの……」

「「「「……」」」」

――じとー。

「と、とりあえず理由を話してもらえると助かります……」

がっくりと肩を落とす俺に、シヴァさんはふふっとおかしそうに笑って言った。

「わかったわ。愛するダーリンの頼みだもの。なんでも聞いてちょうだいな」

「いや、愛するダーリンっつーほどイグザのことを知らねえだろ」

半眼《はんがん》を向けるオフィールに、シヴァさんは「あら、そんなことはないわよ？」と首を横に振って続けた。

「だって私は今まで彼のことを〝視続《みつづ》けてきた〟もの」

「それはどういうことかしら？　見たところあなたは盲目のようだけれど？」

ザナの問いを聞いたシヴァさんは、「ああ、これ？」と目元を覆《おお》っていた黒い布を外す。

「「「「「――っ!?」」」」」

そこで俺たちが見たのは、不思議な色彩を放ちながら蠢《うごめ》く彼女の双眸《そうぼう》だった。

何か魔眼《まがん》の一種だろうか。

まるで全《すべ》てを見透かされているかのような気分になる中、シヴァさんは言う。

「〝盾《たて》〟に選ばれる者はね、文字通り人類……いえ、〝世界〟を守る存在なの。もちろん残りのレアスキル持ちもそうなのだけれど、《宝盾《ほうじゅん》》を持つ者はとくにその傾向が強くて、とにかく世界の調和を保つよう様々な役割と力を与えられているわ」

「それがその瞳《ひとみ》？」とティルナ。

「ええ。千里眼《せんりがん》なんて都合のいいものではないのだけれど、まあ似たような感じで色々なものを少しだけ〝視る〟ことができるの。ゆえに私は視続けてきたわ。坊やが〝剣〟の聖女と別れてからマルグリドの火口に落ちて《不死鳥》のスキルを手に入れるところや、そこのお嬢さんと武神祭《アラストル》で戦うところとかも全部ね。だからダーリンのことならこの場にいる誰よりも知っているわよ?」

「「「「ぐっ……」」」」

不敵なシヴァさんの視線に一瞬怯《ひる》みつつも、マグメルは一つ咳払《せきばら》いをして彼女に問う。

「……なるほど。つまりその力で聖者たちに近づいたのですね?」

「ええ、そうよ。私はこの目で視た坊やの強さと可能性を信じていた。だから彼の力になるべく聖者たちについたわ。まあ監視も厳しかったし、大したことはできなかったのだけれどね。結局女神フィーニスにもあの様《ざま》だったし……」

俯《うつむ》き、自嘲《じちょう》の笑みを浮かべるシヴァさんの手を優しくとり、俺は「いえ」と首を横に振って言った。

「あなたのおかげで俺たちはティルナにも会えましたし、シヌスさまのお力を賜《たまわ》ってここまで来ることもできました。それにあなたは世界を守るために命懸《いのちが》けで、しかもたった一人で聖者たちの中に身を置き続けてくれたじゃないですか。それが〝大したことなかった〟なんてことは絶対にありません」

「そう、かしら……?」

「ええ。だから自信を持ってください。そしてこれからも俺たちに力を貸してもらえたら嬉《うれ》しいです。俺には……いえ、俺たちにはあなたが必要なんですから」

「坊や……」

その宝石のような双眸に涙を浮かべるシヴァさんに、俺が微笑《ほほえ》みながら頷《うなず》いていると、

「……や」

「……や？　――ちょっ!?」

がばっ！　とシヴァさんが俺の頭をその豊満な胸元に抱え込んで黄色い声を上げた。

「やっぱりあなたとっても可愛《かわい》いわ～♪　もう食べちゃおうかしら～♪」

「「「「はあっ!?」」」」

当然、女子たちから抗議の声が上がる。

「お、おい!?　どさくさに紛《まぎ》れて何をしている!?」

「そ、そうですよ!?　というか、もしかしてシヴァさまは本気でイグザさまをお慕《した》いしていたというのですか!?」

驚くマグメルの問いに、シヴァさんは「当然でしょう？」と俺をハグしたまま言った。

「確かに私は〝盾〟の聖女だけれど、気に入らない相手をいつまでも視たりはしないわ。私は坊やの必死に頑張っている姿が可愛くてたまらなかったから視続けていたの。ずっとね。だか

らそこのお嬢さんと一夜をともにした時は本当に胸が張り裂けそうだったわ……。私の坊やなのにって……。ほかの子たちにしてもそうよ。そんな私がやっと大好きな彼に愛してもらえたんだもの。この身体に刻《きざ》まれた鳳凰紋章《フェニックスシール》が何よりの証拠と言ってもいいわ」

そう言ってシヴァさんが愛《いと》おしそうに俺の頭を撫《な》でる。

「な、なるほど。いくらイグザさまのあちらの方が凄《すご》すぎるとはいえ、何故《なぜ》あなたにそれが刻まれたのかを少々疑問に思っていましたが、そういう理由だったのですね」

「ええ、そうよ。回りくどくてごめんなさいね。まああんな凄い抱かれ方をされた以上、〝快楽堕《お》ち〟というのもまんざら嘘《うそ》ではないのだけれど」

ふふっと艶《つや》っぽい視線を向けてくるシヴァさんに、俺がなんとも言えない気恥《きは》ずかしさを覚えていると、ザナが「あらあら、困ったわね」と肩を竦《すく》めて言った。

「そうなると時系列で語っていたアルカディアの正妻説に綻《ほころ》びが生じてしまうわ」

「――なっ⁉」

「うん。これでふりだし」

「そ、そんなわけあるか⁉　誰がなんと言おうと正妻はこの私だ！　異論は認めん！」

「「「えー」」」

「〝えー〟ではない⁉　揃《そろ》いも揃ってなんだその顔は⁉」

納得いかなそうに口をすぼめる女子たちに、アルカは渾身《こんしん》の突っ込みを入れていたのだった。

102章　黒人形を追え

というわけで、〝盾《たて》〟の聖女――シヴァさんを仲間に加えた俺たちは、改めて現状の整理をすることにした。

言わずもがな、一番の問題はフィーニスさまであるが、彼女が黒人形《ドール》化（命名アルカ）させた聖者たちの存在や、あの場に一人残ったエリュシオンのことなど、気になることは山ほどあったからな。

とりあえず現状何を最優先にすべきか決めようということになったのである。

「まずエリュシオンについてなのだけれど、あの状況下でもどうやら上手《うま》く逃げ延《の》びたみたいね。さすがと言ったところかしら」

「ですが彼にはもう神器《じんぎ》はないんですよね？　それにシヴァさまと同じくフィーニスさまの呪《じゅ》詛《そ》を受けているはずですし……」

「はっ、別に心配する必要はねえだろ。そんな状態でもほかの聖者どもをまとめて相手にしてやがったんだぜ？　しかも相変わらず上から目線で〝女神を止める算段を見つけろ〟みてえなことまで言いやがったんだ。どうせまたひょっこり出てくるに決まってるじゃねえか」

「うん、わたしもそう思う。あの人、無駄にしつこそうだから」

「はは、酷《ひど》い言われようだな。でも俺もあいつはまた俺たちの前に立ちはだかってくると思う。だからその時のために今はほかの案件を先に片づけておこう」

「「「「「――」」」」」

俺の言葉に、全員が頷《うなず》く。

そんな中、アルカがシヴァさんに問うた。

「それでフィーニスさまと聖者どもの行方《ゆくえ》はどうなっているのだ？」

「残念だけれど、女神フィーニスに関しては何も視《み》えないわ。ただ女神フルガに関しては女神イグニフェルとともにいる姿が視えたから、無事救出されたみたいね」

「そうですか……。それはよかった……」

ほっと胸を撫《な》で下ろす俺だが、シヴァさんは続けてこう言ってきた。

「ちなみに二柱《ふたはしら》の近くには〝剣〟の聖女の姿もあるわよ？」

「えっ？」

な、なんでそこにエルマがいるんだ⁉

まさか彼女がフルガさまを助けたとか……？

いや、まさか……、と難しい顔で腕を組む俺をおかしそうに笑いつつ、シヴァさんは言う。

「話を戻すけれど、黒人形化《ドール》した聖者たちに関しては皆バラバラに動いていて、恐らくだけど各々《おのおの》の里に向かっているんじゃないかしら？」

「各々の里って……まさか襲撃《しゅうげき》する気じゃないでしょうね？」

驚くザナに、シヴァさんは「ええ、そうよ」と静かに頷《うなず》く。

「どうやらエリュシオンが相当フィーニスを怒らせたみたいね。とにかく亜人《あじん》の抹殺《まっさつ》を最優先に動いているみたい」

「くっ、なんとかして止めないと……っ。あいつらの種族はなんだ？」

俺の問いに、マグメルは口元に人差し指を当てながら言った。

「えっと、確か〝ミノタウロス〟、〝エルフ〟、〝竜人〟、〝人狼《じんろう》〟の四種だったはずです」

「ふむ、それらの里に同時に向かっているとなると、全部を悠長《ゆうちょう》に回っている時間はないぞ？　どうする？」

「ならスザクフォームに最低限の人数だけ抱えて超高速で飛ぼう。一人は〝眼《め》〟のあるシヴァさんで確定だから、もう一人は神器に対応できる聖具を持つ人物になると思う」

「つまりあたしとおチビちゃん、槍《やり》オーガにお姫さまってところか」

オフィールがそう告げると、呼ばれた三人から抗議の声が飛んできた。

「おい、誰が〝槍オーガ〟だ。オーガはお前だろ？」

「わたしは〝おチビちゃん〟じゃない。これでも立派《りっぱ》な大人のレディ」

「まあ別に事実だし、〝お姫さま〟でも構わないのだけれど……」

「ち、ちなみに私《わたくし》とシヴァさまはどういう呼び名になるんですか？」

変な好奇心が生まれたと思われ、マグメルがオフィールに問う。

すると、彼女は「あん？　そんなの決まってんだろ？」と二人をそれぞれ指差して言った。

「〝ドＭ〟と〝盾ババア〟」

「「……」」

呆然《ぼうぜん》と目を瞬《しばた》かせた後、かちゃっと無言で各々の武具を装備し始める両者に、「じょ、冗談だって!?　そんなマジで怒んなよ!?」と慌《あわ》てて謝罪するオフィールなのであった。

てか、〝ドＭ〟はまだしも〝盾ババア〟って……。

◇

ともあれ、ここから一番近いのは人狼の里だということで、俺たちはまずそこへと向かうことにした。

人狼――シャンガルラは〝拳《こぶし》〟の聖者である。

となると、対応する聖女はティルナだ。

ほかの女子たちには一時的にここで待機してもらうことにし、俺たちは人狼の里へと向けて高速で飛ぶ。

シャンガルラもそうだったが、人狼は気性《きしょう》が荒いことで有名な亜人種だという。

果たして俺たちに協力してくれるかどうか……。

いや、たとえ協力してくれなかったとしても俺たちはシャンガルラを止める——ただそれだけだ。

そう決意を新たにし、俺たちが飛んだ先で見たのは、

「あそこ、煙が上がってる！」

「くっ、間に合わなかったのか……っ」

すでに黒煙の上がっている里の姿だった。

「いえ、まだ諦《あきら》めるのは早いわ。急ぎましょう」

「ええ、了解です！」

頷き、俺たちは悲鳴の響く人狼の里へと急ぎ向かったのだった。

《聖女パーティー》エルマ視点34：え、あたしも行くの!?

女神さま方があまりにも深刻そうな顔をしていたので、あたしたちは〝フィーニス〟なる人物について尋《たず》ねてみることにした。

すると、イグニフェルさまが神妙《しんみょう》な面持《おもも》ちで語り始めてくれたのだが、

「……なるほど。お二人方を合わせた五柱《いつはしら》が元々一柱《ひとはしら》の女神――オルゴーさまであり、同じ創《そう》世《せい》の女神かつ魔物の生みの親でもあるフィーニスさまがなんらかの理由により復活したと……」

「ああ、そういうことだ」

え、ごめん。

情報量が多すぎて普通に意味わかんないんですけど……。

てか、そもそもなんでそんなものが復活してるわけ？

魔物の生みの親なんでしょ？

え、それやばいんじゃないの？

「ちっ、恐らくはあの聖者どもだな。どんな手を使ったのかは知らねえが、イグザたちを出し

抜いたんだろうよ」

悔《くや》しそうに顔を顰《しか》めるフルガさまに、あたしも胸を痛めたような表情をしていたのだが、正直内心にやけ面《づら》が止まらなかった。

当然である。

だって今まであたしの先を行き続けてきた馬鹿《ばか》イグザがはじめて歩みを止めたのだから。

へえ、あいつ出し抜かれちゃったんだ？

まったくダメダメね。

あたしを捨てるからそういう目に遭《あ》うのよ。

聖者だかなんだか知らないけど、このエルマさまがいればちょちょいのちょいのお茶の子さいさいだったっていうのにね。

あー、残念だわー、と一人テンションが上がるあたしを、さらに豚《ぶた》がいい感じにおだててくれる。

「むむ、それはなんとも口惜《くちお》しい限りですな。せめて聖女さまがいらっしゃれば状況も変わったやもしれませんのに……」

ふっふーん♪

わかってるじゃない、豚♪

そうよ、このあたしがいれば女神の復活なんて簡単に――。

と。

「いや、無理だな。こいつなんていてもいなくても同じだ」

……はっ？

え、ちょ、〝いてもいなくても同じ〟って何よ!?

早々に異空間送りにされてる分際《ぶんざい》でよくもまあそんな失礼なことを言えるわね!?

「やはりそうですか……」

そしてあんたも張っ倒すわよ!?

ぽろりと本音が出ちゃってるじゃない!?

少しは隠す努力をしなさいよね!?

一瞬にして天国から地獄へと叩《たた》き落とされたあたしが内心怒濤《どとう》の突っ込みを入れる中、カヤが女神さま方に問う。

「そ、それでイグザさまたちはご無事なのですか……？」

「案ずるな。二手に分かれたようだが、あの者らは健在だ。恐らくは未《いま》だに戦闘が続いているのだろう」

「そうですか……」

ほっと胸を撫《な》で下ろしつつも、心配そうな表情を見せるカヤの背中を、フルガさまが軽く叩いて言った。

「だから心配すんなっつってんだろ？　これからオレたちも戻るんだ。やつらの好きなようにはさせねえよ」

……うん？

オレ〝たち〟……？

ぱちくりとあたしが目を瞬《しばた》かせる中、フルガさまは「よし！」と気合いを入れ直して声を張り上げた。

「じゃあ行くぞ、聖女ども！　オレの術であいつらのところまでひとっ飛びだぜ！」

「──っ!?」「おお！」

って、ええっ!?

あ、あたしたちも行くの!?

ちょ、まだあいつに見せられるような成果が得られてないんですけど!?

「腕が鳴りますな、聖女さま！」

「え、ええ、そうですね……」

ひいっ!?

ど、どどうするのよこれ!?

当然、あたしは一人冷や汗《あせ》がだらだらなのであった。

103章　〝拳〟の黒人形

「グオオオオオオオオオオオオオオオオオオオッッ!!」

シャンガルラはすでに獣化しており、ほかの獣化した人狼《じんろう》たちと激闘を繰り広げていた。

──ぐしゃっ！

「「「うわああああああああああああああああっっ!?」」」

だが黒人形《ドール》と化したシャンガルラはほかの人狼たちよりも一回り以上大きく、膂力《りょりょく》や速力も段違いであった。

「恐らくは神器《じんぎ》が限界以上の力を引き出しているのでしょうね。〝常時月下《じょうじげっか》状態〟とでも言った方がわかりやすいかしら？」

「常時月下状態……。人狼は〝月明かりの下だと戦闘力が数倍に跳《は》ね上がる〟っていう例のあれですか？」

「ええ、そうよ。条件がとても限定的だから、それゆえに獣化したエリュシオンにも匹敵《ひってき》するなんて言われていたけれど、まさかこんな状況で目にすることになるとは思わなかったわ」

「とにかく急いで止めないと。わたしが先行するからフォローをお願い」

「ああ、わかった」

頷《うなず》き、俺はティルナの足場となるよう盾《たて》を顕現《けんげん》させる。

「じゃあ――行くッ！」

どんっ！　とそれを蹴《け》り、ティルナがシャンガルラに特攻を仕掛ける中、俺たちは傷ついた人々を救うべく里へと降りたのだった。

◇

「はあああああああああああああっ！」

――がんっ！

「グガアッ!?」

雷を纏《まと》ったティルナの一撃がシャンガルラの顔面にクリーンヒットする。

が。

「ガアアアアアアアアアアアアアアッ！」

「ぐっ!?」

――どがががががががっ！

大して効《き》いていなかったらしく、お返しだとばかりに振るった彼の右腕が地面に四本の線を刻《きざ》んでいった。

とんでもない威力《いりょく》である。

あんなものをまともに食らえば、いくらドワーフ製の防具を身につけているとはいえ、ティルナのか細い身体《からだ》などバラバラにされてしまうことだろう。

以前、まだ正気だった頃の彼に何故《なぜ》本気で戦わないのかと問うたことがあったが……なるほど。

確かにあの時この力を出されていたなら、ティルナは負けていたと思う。

水辺ならばあるいは勝てたかもしれないが、残念ながら戦場は今も雪深い森の中だ。

だから一人ではきっと勝てない。

「おらあっ！」

——どがんっ！

「ギガアッ!?」

でも今のティルナには〝彼〟がいる。

神の炎を纏い、ティルナと同じ籠手《こて》系の武器を手にした史上最強の男。

「やるぞ、ティルナ！」

「うん！」

そう、ティルナの大好きなイグザである。

◇

「グガアアアアアアアアアアアアアアアアアアアアアッ！」

――ぶしゅ～っ。

「なるほど。浄化の力が効かないわけじゃないみたいだな」

一撃を叩《たた》き込んだ部位が一瞬剝《む》き出しになった後、黒いオーラとともに再生されていく様《さま》に、俺はある仮説を立てる。

シャンガルラの今の状態はジボガミさまの時と同じなのではないかと。

つまり神器から流れてくる圧倒的な〝穢《けが》れ〟に取り込まれている状態なのである。

ならばその〝穢れ〟を全《すべ》て浄化しつつ、神器をティルナの聖具で聖神器《せいじんぎ》へと変えてやればいい。

ただアガルタの手によってシャンガルラ自身の命が絶たれている以上、やつを救うことは難しいだろう。

それだけが唯一《ゆいいつ》心残りではあるが、しかしやつも聖者として名誉ある死を遂《と》げたのだ。

もし遺体が残っていたなら、火葬ぐらいはしてやろうと思う。

「──〝《神纏《グランド》》灼光烈破《プロミネンスブロー》〟ッッ!!」

──どがああああああああああああああんっ!


「グオガッ!?」

左右同時の爆発系ボディーブローでシャンガルラを挟《はさ》み込むように攻撃する。

「ティルナ!」


「うん! ──〝《神纏《グランド》》孤月流尾《ストームシュート》〟ッッ!!」


どぱんっ! と下がってきた顎《あご》を砕《くだ》き上げるようにティルナが強烈なサマーソルトキックをお見舞いする。

「ゲ、ガッ……!?」

そして強制的に上を向かされたシャンガルラの顔面に、俺は上空から浄化の炎を纏わせた渾《こん》身《しん》の一撃を叩き込んだのだった。

「──〝原初廻帰の焔《プロメテウスバースト》〟オオオオオオオオオオオオオオオッッ!!」

どばあああああああああああああああああああああああああああんっ！　とシャンガルラの身体《からだ》を覆《おお》っていた黒いオーラが一気に弾《はじ》け飛ぶ。

「ティルナ！」

「わかった！」

　あとはティルナがやつの四肢《しし》に装着されている神器《じんぎ》を弾き飛ばし、聖神器《せいじんぎ》へと昇華《しょうか》させるだけだったのだが、

「……グ、オアアアアアアアアアアアアアアアアアアアアアアアアアッ!!」

「「――なっ!?」」

　ここにきてシャンガルラが最後の抵抗を見せる。

〝意地〟だとでもいうのだろうか。

確かに根性だけは人一倍ありそうなやつだったからな。

死してもなおそれは変わらなかったのだろう。

「ぐうっ!?」

浄化の力を押し返すかのように黒いオーラを噴出《ふんしゅつ》させ、剝《む》き出しになっていた身体が再度〝穢《けが》れ〟に覆われていく。

しかもそれは以前よりも格段に肥大《ひだい》化し、やつの形状そのものが別の形態へと移り変わっていった。

二足歩行から雄々《おお》しき四足歩行へ。

「グオオオオオオオオオオオオオオオオオオオオオオッッ!!」

その大顎《おおあご》はまるで天地の全《すべ》てを呑《の》み込むほどに大きく開かれ、衝撃波を放ちながら雄叫《おたけ》びを上げていた。

そう、漆黒《しっこく》の巨狼《きょろう》が俺たちの目の前に姿を現したのである。

「狼に、変身した……!?」

「気をつけろ、ティルナ！　そいつは――」

と。

「――グルアアアアアアアアアアアアアアアアアアアアアアアッッ!!」

　――ずがあああああああああああああああああああああんっ！

「きゃあっ⁉」

「ティルナ⁉」

　一瞬でティルナの眼前へと移動したシャンガルラの大爪《おおづめ》が、彼女ごと雪を深く抉《えぐ》り取り、大地を剝き出しにさせる。

　その速度はフルガさまにも匹敵《ひってき》するほどで、直撃を免《まぬが》れたのは本当に不幸中の幸いであった。

「ぐ、うぅ……」

　だがそれでもティルナの負ったダメージはかなりのものだったらしく、受け身こそ取れたものの、すぐには起き上がれないようだった。

「シヴァさん！　ティルナをお願いします！」

「ええ、わかったわ！」

　本来であれば《身代わり》のスキルでダメージを引き受けるところなのだが、これだけの速度で移動されては一瞬の隙《すき》が大惨事《さんじ》を招くことになる。

　ゆえに俺はティルナの治療をシヴァさんに任せ、全力でシャンガルラの相手をすることにしたのだった。

「わたしも、戦わないと……うっ⁉」

「その身体では無理よ。今は彼に任せましょう」

脇腹《わきばら》に走る激痛に顔を歪《ゆが》めながら、ティルナはシヴァの中級治癒《ちゆ》術で治療を受ける。

咄嗟《とっさ》の判断で上体を逸《そ》らしたからよかったようなものの、希少《きしょう》素材をふんだんに使ったドワーフ製の新防具を身に纏《まと》い、鳳凰紋章《フェニックスシール》による身体強化を受けていてなおこれほどのダメージを負ったのだ。

少し前の彼女であれば即死は免れなかっただろう。

なんという強大な力。

これが終焉《しゅうえん》の女神の力というものなのだろうか……。

「……っ」

身体が、震える……。

こんなにも怖いと感じたのはティルナ自身はじめてだった。

エリュシオンに斬《き》られそうになった時ですらここまでの恐怖は感じなかったはずだ。

「おらあっ！」

——がきんっ！

◇

「グオアアアアアアアアアアアアアアアアアアアアッ！」

だがそれほどの脅威《きょうい》を前にしても彼は戦い続けている。

「ゲガアッ！」

――ずしゃっ！

「ぐはあっ⁉」

何度身体を引き裂かれても歯を食い縛《しば》って立ち向かい続けている。

「イグ、ザ……っ」

だから早く彼の力にならないといけないのに、身体が全然言うことを聞いてくれない。

震えも止まらない。

「どうして……っ」

ぽたり、と悔《くや》し涙を流すティルナに、シヴァが優しい声音《こわね》で言った。

「あなたの苦しみはわかるわ。私だってできることなら彼と一緒に戦いたい。でも私たちは彼とは違うの。本当に強大な敵には〝勇者〟たり得るあの子しか抗《あらが》うことはできないのよ」

「でも、でも狼の人は〝拳《こぶし》〟の聖者だった……っ。わたしと同じ力を持っていた……っ。なのにわたしじゃダメなの……？　わたしじゃイグザとは一緒に戦えないの……？」

「ティルナ……」

涙で顔をぐしゃぐしゃにするティルナに、シヴァもかける言葉が見つからない様子だ。

そんな中、ティルナは絞《しぼ》り出すように自《みずか》らの思いを口にする。

「わたしは、イグザと一緒に戦いたい……。イグザの力になりたい……。だって、だってそうじゃないとイグザはこれからもずっと一人で戦うことになる……。狼の人を倒したらエルフの人と、エルフの人を倒したら竜の人と、その次は牛の人と、鬼の人と、フィーニスさまと、ずっと一人で戦い続けることになる……」

「それは……」

「わかってる……。わたしたちが弱いから……だからイグザと一緒には戦えない……。今だってイグザはわたしに力を分けてくれているのに……なのにわたしは戦うことを怖がって足手まといになっている……。こんなにも温かくしてくれているのに……なのにわたしは……っ」

今もほのかな輝きを放ち続けている鳳凰紋章《フェニックスシール》にぐっと手を添えながら、ティルナは涙ながらに首を横に振る。

「でも、でもそんなのは嫌……っ。わたしはイグザの足手まといになんてなりたくない……っ。だってわたしは、わたしはイグザのお嫁さんだから……だからわたしはずっとイグザの隣にいたい……っ」

——ばちばちっ！

「——っ⁉」

「だからお願い、鳳凰紋章《フェニックスシール》……っ。今度はわたしの、わたしたちの力をイグザに届けて……っ。

わたしたちを――イグザと一緒に戦わせて……っ！」

――ぱあっ！

その瞬間、ティルナの身体が目映《まばゆ》い輝きに包まれたのだった。

◇

「グガアッ!?」

それは激しくも温かく、そしてとても〝力〟に満ちた輝きだった。

「これは……」

戦闘の最中《さなか》、突如《とつじょ》ティルナの身体が輝き出したかと思うと、次いでその光が伝播《でんぱ》したかのように俺の身体もまた輝きはじめたのである。

そしてその瞬間、俺は一つの〝答え〟に辿《たど》り着く。

それはティルナも同じだったようで、彼女はゆっくりとこちらに歩を進めながら両まなじりに涙を浮かべて微笑《ほほえ》んだ。

「……よかった。わたし、イグザの足手まといじゃなかった……」

だから俺も彼女に右手を差し出して笑った。

「当たり前だろ？　君は俺の信頼できる仲間で、そして何より大切なお嫁さんなんだから」

「……うん！」

大きく頷《うなず》きながら俺の手を取ったティルナに、俺はにこやかに笑って言ったのだった。

「行くぞ、ティルナ！　今の俺たちは――無敵だ！」

「うん！　一緒に戦おう、イグザ！」

――ごうっ！

その瞬間、ティルナの鳳凰紋章《フェニックスシール》から出《い》でた炎が彼女の身体を包み込み、さらに俺の炎と混ざり合って俺自身の身体をも包んでいく。

それはやがて四肢の強靭《きょうじん》な装甲《そうこう》へと変化し、俺たちの新しい可能性を開いたのだった。

「――〝聖女武装《スペリオルアームズ》《皇拳《おうけん》》〟ッッ!!」

◇

「聖女武装《スペリオルアームズ》……《皇拳》……っ！」

どぱんっ！　と震脚《しんきゃく》とともに構えを取ったイグザたちの姿に、シヴァは自然と笑みがこぼれていた。

聖女との一体化による新たなる戦闘形態――〝聖女武装《スペリオルアームズ》〟。

なるほど、全ては伏線だったというわけだ。

何故《なぜ》この時代に七つのレアスキルをそれぞれ持つ聖女たちが現れたのか。

何故それらをまとめ率《ひき》いることができる〝勇者〟たり得る存在が現れたのか。

そして〝鳳凰紋章《フェニックスシール》〟に〝アマテラスソール〟。

全てはここに辿り着くための重要なファクターだったのである。

「「はあっ！」」

――ずがんっ！

「グゲアッ⁉」

イグザたちの剛撃《ごうけん》が巨狼を雪面へと叩《たた》きつける。

惚《ほ》れ惚《ほ》れするほどに圧倒的な力だ。

これが〝聖女武装《スペリオルアームズ》〟の力。

〝聖女を通して聖具を手にした勇者の力〟というわけだ。

疑似《ぎじ》とはいえ、レアスキルを習得した時点で資格はあったのだ。

その彼が何故今まで聖具を扱えなかったのか。

もちろん聖女たちが所有者だったということもさることながら、この力を得るためにあえて使えないようにしてあったのだろう。

そしてそこに大きく関《かか》わってくるのが、聖女と心身を繋《つな》げる〝鳳凰紋章《フェニックスシール》〟と、ヒヒイロカネを任意の形で顕現《けんげん》させることのできる〝アマテラスソール〟。

これらが全て揃《そろ》った時、勇者は聖女と一つになり、その真の力を発揮《はっき》する。

「まあそれも坊やの〝可能性〟があってのことなのでしょうけれど」

凄《すさ》まじい力で巨狼を圧倒していくイグザたちを見据《みす》えつつ、シヴァはそう独《ひと》りごちる。

恐らくはこの力こそが女神フィーニスに対抗できる唯一《ゆいいつ》の力。

「どうやら私は一つ勘違《かんちが》いをしていたみたいね」

ただ七つのレアスキルを集めるだけではダメだったのだ。

本当に必要なのは七つのレアスキルと、それを持つ聖女たち――そして聖具。

これら全てを一つに合わせることができた時、勇者は創世《そうせい》の神すらも凌《しの》ぐ者となるのだろう。

つまり最終的に彼は七人の聖女たち全員と――。

「ふふ、でも最後の一人はそう簡単に言うことを聞いてくれるかしら?」

そう笑いつつ、シヴァは戦いの行く末を見守り続けていたのだった。

105章　〝拳〟の決着

「――〝《神纏《グランド》》巨閃轟雷槌《トールハンマー》〟ッッ!!」

――ずがああああああああああああああああんっ！

「グガアアアアアアアアアアアアアアアアアアアアアアアアアッ!?」

肥大《ひだい》化させた雷の両拳《こぶし》で巨狼《きょろう》の脳天を叩《たた》き潰《つぶ》す。

堪《たま》らず後退《あとずさ》った巨狼の顔面に、俺たちはすかさず追撃《ついげき》の右拳をお見舞いした。

「――〝《神纏《グランド》》灼光烈破《プロミネンスブロー》〟ッッ!!」

――どがああああああああああああああああんっ！

「ゲ、ガァ……ッ!?」

ずずんっ！　とその巨体を横たえる巨狼を前に、俺たちはほうっと呼吸を整える。

すると、ティルナがテンション高めに話しかけてきた。

「凄《すご》いよ、イグザ！　わたしたち、一つになってる！」

「ああ、そうだな。これが俺たちの本当の力だったんだ」

「うん！　わたし、イグザ大好き！」

「お、おう。俺もティルナが大好きだよ」

よほど嬉《うれ》しかったのか、そう言ってくれるティルナに俺も照《て》れつつ、顔を綻《ほころ》ばせる。

聖女と一体化することにより、その真価を発揮《はっき》する究極の戦闘形態――〝聖女武装《スペリオルアームズ》〟。

まさかこんな力の可能性があるとは思わなかったが、これならば神器《じんぎ》と完全融合《ゆうごう》した聖者たちとも互角《ごかく》以上に渡り合えるだろう。

いや、もしかしたらフィーニスさまとも――。

と。

「グルゥ……ッ」

巨狼が憤《いきどお》りに満ちた顔でこちらを睨《にら》みつけてくる。

かなりのダメージを与えたはずなのだが、やつの再生力を鑑《かんが》みればこの程度で終わらないのは当然だ。

事実、やつはすでに身体《からだ》を起こそうとしており、一瞬でも隙《すき》を見せたら即座に襲《おそ》いかかってくることだろう。

ゆえに俺たちは構えを崩《くず》さずやつを見据《みす》え、そしてごごうっと右腕に浄化の炎を纏《まと》わせた。

「これで最後だ、シャンガルラ。だからあんたも――全力でかかってこいッ！」

――どぱんっ！

「グガアアアアアアアアアアアアアアアアアアアアアアッ!!」

俺の言葉に呼応《こおう》するかのように、巨狼……いや、シャンガルラが雪原にクレーターを穿《うが》つ。

そして〝拳〟の聖者らしく、その強靭《きょうじん》な右腕を大きく振りかぶって襲いかかってきた。

「ティルナ！」

「うん！」

だから俺たちも全身全霊の一撃を以《もっ》て応《こた》える。

「はああああああああああああああああああああっっ!!」

右腕の炎をさらに集束させ、究極にまで凝縮《ぎょうしゅく》させた浄化の力を――俺たちは一気に解き放った。

「――〝《神纏《グランド》》原初廻帰の緋焔《プロメテウスフルバースト》〟オオオオオオオオオオオオオオオオッッ!!」

――どばあああああああああああああああああああああああんっ！

「ギ、ガアアアアアアアアアアアアアアアアアァァァァ……――」

俺たちの炎は瞬《また》く間にシャンガルラを呑《の》み込み、その身体を光の粒子《りゅうし》へと変えていったのだった。

◇

――しゅうんっ！

「これが聖神器《せいじんぎ》……」

「大丈夫か？　何か異常があったらすぐに言うんだぞ？」

「うん、大丈夫。ありがとう、イグザ」

こくり、と頷《うなず》くティルナの手に握られていたのは、神々《こうごう》しい輝きを放つ籠手《こて》と脛当《すねあて》だった。

マグメルの杖《つえ》と同じ聖神器だ。

今はこんなにも清浄な雰囲気《ふんいき》に満ちてはいるが、半分はフィーニスさまの力の結晶である。

いつ何が起こるかわからない以上、使用には十分注意を払わなければならないだろう。

「お疲れさま。どうやら神器を無事浄化できたみたいね」

「ええ。シヴァさんも里の人たちを守ってくれてありがとうございました」

「いえ、気にしないでちょうだい。それが〝盾《たて》〟の聖女である私の役目なのだから」

ふふっと艶《あで》やかに笑うシヴァさんに俺も表情を和《やわ》らげつつ、里の人たちの範囲治癒《ちゆ》を行う。

さすがは身体能力の高い人狼《じんろう》と言ったところか、これだけの被害に見舞われても死者は一人もいなかった。

男女ともに負傷者がやけに多かったのは、恐らくその気性の荒さから皆シャンガルラに戦いを挑《いど》んだ結果だろう。

なんというか、実に勇敢《ゆうかん》な種族である。


「――おい」


「「「？」」」

そんな中、気の強そうな一人の人狼が俺たちに声をかけてくる。

確か一番重傷だった女性だ。

「私の名はシャンバラ。ここの長《おさ》をやっている者だ。まず里の者たちを助けてくれたことに礼を言いたい。頭《かしら》はお前か？」

「え、ええ、まあ……。俺の名はイグザといいます。そして彼女がティルナで、彼女はシヴァ。ともに〝拳〟と〝盾〟の聖女です」

「なるほど。それは世話になったな。傷の手当ても感謝する」

そう頭を下げた後、シャンバラさんはこう続けた。

「で、本題はここからなんだが、あの黒い人狼……いや、あれは〝シャンガルラ〟だな？」

「「「……」」」

三人で顔を見合わせた後、俺は「ええ、そうです」と頷く。

なんとなくだが、彼女に対しては隠さない方がいい気がしたのだ。

すると、シャンバラさんは小さく嘆息《たんそく》した後、がしがしと頭を掻《か》いて言った。

「そうか。それは面倒《めんどう》をかけたな。お前らみたいに強いやつと戦って死ねたのなら、あの馬鹿《ばか》も本望《ほんもう》だっただろうよ」

「あの、もしかしてお知り合いで……？」

俺の問いに、シャンバラさんは当然だとばかりに頷いて言ったのだった。

「ああ。あいつは私の――〝弟〟だ」

「別に気にしなくていい。むしろ私の代わりに手を下させてすまなかったな」

きっと俺たちが揃《そろ》って気まずそうな顔をしていたのだろう。

シャンバラさんは優しい声音《こわね》でそう言ってくれた。

「いえ、こちらこそ救えずにすみませんでした……」

確かに俺には《完全蘇生《アズライール》》のスキルがあるし、シャンガルラを生き返らせることもできる。

だがたぶんシャンガルラにしろシャンバラさんにしろ、それを望まない気がしたのだ。

「だから気にしなくていいと言ってるだろう？　それより何故《なぜ》あいつがあんな化け物になったのかを教えてくれないか？　少なくとも意味もなく同胞に牙《きば》を剝《む》くようなやつじゃなかったからな」

「ええ、わかりました」

頷《うなず》き、俺は一連の出来事を包み隠さずシャンバラさんに説明した。

もちろん不都合そうな事実に関しては伏せて話そうかとも思ったのだが、今まさに実弟を失ったばかりの彼女には真実を知る権利があるからな。

「……なるほど。それで〝穢《けが》れ〟に取り込まれたというわけか。まったく馬鹿《ばか》なやつだ。まあ、あの馬鹿のことだから亜人《あじん》だけの世界になんざ興味の欠片《かけら》もなかっただろうがな」

「うん、〝退屈しのぎが目的〟だって言ってた」

「はは、そうだろうな。実にあいつらしい理由だ。何せ、それが原因であいつは里を出て行ったんだからな」

「……詳細《しょうさい》を尋《たず》ねても？」

シヴァさんの問いに、シャンバラさんは「ああ、もちろんだ」と頷いて言った。

「私たち人狼《じんろう》には里の中でもっとも強い者が〝長《おさ》〟になるという掟《おきて》がある。この掟は絶対だ。が、あいつはそれに従わなかった。何故なら〝退屈だから〟だ」

「でも〝長〟って里の揉《も》め事を解決したり他部族と交渉《こうしょう》したりと結構忙しいイメージがあるんですけど……」

俺が控《ひか》えめに尋ねると、シャンバラさんは肩を竦《すく》めて言った。

「それが退屈なんだとよ。姉の私が言うのもなんだが、あいつはただの戦闘馬鹿だからな。戦い以外に興味なんざなかったんだろうさ。だからお前たちと戦えて心底嬉《しんそこうれ》しかったと思うぞ。でなければ〝幻想形態〟になどなれはしないからな」

「幻想形態？」

揃って小首を傾《かし》げる俺たちに、シャンバラさんは「ああ」と頷いて説明してくれる。

「最後にでかい狼の姿になっただろう？　あれは私たち亜人が〝獣化〟と呼んでいる力の解放状態よりもさらに上の形態へと進化した姿だ。まあなれるやつなんざそうはいないんだが、私たち亜人はそいつを〝幻想形態〟と呼んでいるのさ」

「なるほど。恐らくは神器《じんぎ》が弟さんの意志を最大限反映させたのでしょうね。死してなおそれだけの意地を見せるなんて、正直驚いているわ」

「まあ腐っても私の弟だからな。たとえ死んでいようが身体《からだ》が動くのなら意地も見せるさ」

そう不敵に笑うシャンバラさんに、俺たちも確かに、と顔を綻《ほころ》ばせていたのだった。

◇

そうして里をあとにした俺たちは、皆の待つエストナの宿へと向けて高速で空を飛んでいた。

とりあえずシャンガルラと彼の神器は浄化したが、まだあと三人残っているからな。

急いで次の場所に向かわないと。

「それで次はどこの里に向かうのがいいですかね？」

「そうね、距離的にはミノタウロスの里が一番近いのだけれど、ボレイオスの移動速度を考えると後回しにしてもいいかもしれないわ」

「なるほど。じゃあ次はエルフか竜人？」

「になるでしょうね」

「となると、ザナとアルカか。時間に余裕がない以上、戦闘力の高いアルカを先にして、早々にアガルタを片づけた方がいいだろうな」

「うん、わたしもそう思う。ただ、さっきのお姉さんの言っていた〝幻想形態〟が少し気になる。もしかしたらほかの聖者たちも使ってくるかもしれないし」

そう神妙《しんみょう》な顔をするティルナに、シヴァさんも同意する。

「そうね。だとしたらアガルタは文字通り〝竜〟になる可能性が高いわ。その点で言えば、エルフの上の形態なんて思いつかないし、カナンを先にした方がいいかもしれないわね」

「なるほど。そういう考えもできるか……」

とにかくもうすぐエストナに着くし、ほかの皆の意見も聞いてみることにしよう。

そう思い、俺は普段通りの心持ちで皆の待つ部屋の扉を開けたのだが、

「……えっ？」

そこで俺は固まってしまった。

当然だろう。

だってそこで俺を待っていたのは、予想外の人物だったからだ。

「……久しぶりね、イグザ」

「エル、マ……？」

そう、俺の幼馴染《おさななじ》みにして〝剣〟の聖女でもある女性――〝エルマ〟である。

《聖女パーティー》エルマ視点35：超アウェーなんですけど……。

その少し前のこと。

あたしたちはフルガさまに連れられ、遙《はる》か北にある雪の都――エストナへと降り立っていた。

もちろん防寒装備もない上に寒冷系の耐性もないあたしは凍《こご》えるような思いをしていたのだが、豚《ぶた》は平然としており、この時だけは豚のお肉が羨《うらや》ましく思えた。

ただ寒がるあたしの弱みにつけ込んで「て、手でも繋《つな》ぎましょうか……?」と頰《ほお》を染めてきた時は、限界まで振りかぶった渾身《こんしん》の右フックでもお見舞いしてやろうかと思った。

「フルガさま！　ご無事で何よりです！」

「おう、お前らもな」

ともあれ、宿へと赴《おもむ》いたあたしたちを迎えたのは四人の女性たちだった。

性欲おばけ……もとい馬鹿《ばか》イグザの毒牙《どくが》にかかったというほかの聖女たちだ。

全員あたしよりもほんの少しばかりお胸が大きかったことはさておき。

当然、あたしたちが何者なのかを不思議がっている様子で、フルガさまが〝剣〟の聖女一行

だと紹介してくれたのだが、

「――ほう？　お前がイグザを散々《さんざん》な目に遭《あ》わせたという例の幼馴染《おさななじ》みか」

「げっ⁉」

「はて？　なんの話です？」

などといきなりあたしのイメージがぶっ壊れそうなことを言ってきたので、

「……おや？　いきなり私の後ろに回られて一体どうしふぎゅうっ⁉」

くたり、と豚には少々眠ってもらうことにしたのだった。

当て身だと風の防壁が発動しかねないので、今回は首をきゅっとした感じである。

白目を剝《む》いている豚を床にごろりと寝かせたあたしは、小さく嘆息《たんそく》して彼女に半眼《はんがん》を向けた。

「……危うくあたしのイメージが壊れるところだったんだけど？」

「なるほど。聞いていたとおりの性格らしいな。ともあれ、私はアルカディア。〝槍《やり》〟の聖女だ」

「私《わたくし》はマグメルと申します。〝杖《つえ》〟の聖女です。それでこっちが――」

「オフィールだ。〝斧《おの》〟の聖女をやってる」

「そして私が〝弓〟の聖女――ザナよ」

「そう。もう聞いてるとは思うけど、あたしはエルマ。〝剣〟の聖女でイグザの幼馴染みよ」

てか、何この超アウェー感……。

めちゃくちゃ気まずいんですけど……。

そして馬鹿イグザのやつはどこ行ったのよ……。

あたしがきょろきょろとあいつの姿を捜していると、アルカディアと名乗った女性が残念そうに口を開いた。

「すまんがイグザはここにはいなくてな。今はほかの聖女たちとともに出払っているんだ」

「あ、そうなの……。ふーん……」

いや、なんでこのタイミングでいないのよ!?

余計気まずいじゃない!?

例《たと》えるなら元カノと今カノ（複数）が本人不在で同じ部屋にいるみたいな状況なんですけど!?

なんなのこれ!?

いや、その前にあたし元カノでもなんでもないんだけどね!?

……。

って、元カノだったわよ!?

世間《せけん》的にはそういうことにしてたのすっかり忘れてたわ!?　とあたしが内心自分に突っ込みを入れまくっていた――その時だ。

「――よし、んじゃオレは一旦《いったん》家に戻っから、あとは聖女同士適当にやってくれや」

……はっ？

「あ、はい。お気をつけて」

「おう。またな」

そう軽快に手を振り、フルガさまが部屋を出ていこうとする。

い、いやいやいやいやいや!?

普通この状況で出ていく!?

話聞いてたでしょあんた!?

が。

――ばたんっ。

無情にもフルガさまは部屋を出ていってしまった。

「「「……」」」

え、この空気どうすんの……。

ずーんっ、とあたしは一人魂《たましい》が抜けそうになっていたのだった。

どうしてエルマがここにいるのか。

そもそも彼女は本当にエルマなのか。

もしかしたら何か幻術のようなものにでもかけられているのではないか。

一瞬そう訝《いぶか》しんだ俺だったのだが、

「……なんでそんな隅《すみ》っこにいるんだ？」

部屋の隅でちょこんと小さくなっていた彼女の姿に、やっぱり現実なのではなかろうかと思い直しつつあった。

「いや、だってめちゃくちゃ気まずいし……」

うん、普通に現実だわ、これ。

はあ……、とまさかの来訪者に嘆息《たんそく》する俺だったのだが、それはそれとしてさっきから気になっていることが一つあった。

――つんつん。

「とてもぷよぷよ」

こら、やめなさい。

そんなもの突っついちゃダメでしょ。

俺は内心ティルナを窘《たしな》めつつ、彼女の突っついていたものを見やる。

そう、この何故《なぜ》か部屋の中央でごろりと横たわり、白目を剥《む》いている豊満ボディの男性だ。

確かにお腹《なか》のお肉はとてもぷよぷよしているのだが、一体この人は誰なんだろうか。

というか、なんで白目剥いてるのこの人……。

俺が引き気味に男性の様子を窺《うかが》っていると、その視線に気づいたらしいエルマがこう言ってきた。

「ああ、それに関しては気にしなくていいわ。ただの肉塊《にくかい》だし」

「え、あ、うん……」

問題はその肉塊が何故こんなところに転がってるのかってことなんだけどな……。

「ふむ、実は先ほどまでフルガさまがいてな。どうやら彼女に連れてこられたらしいのだ」

「ああ、そういえばイグニフェルさまのところにいるってシヴァさんが言ってたっけか。やっぱり君で間違いなかったんだな」

「ええ、そうよ。色々と事情があってね。あたしたちも女神さまのもとを巡《めぐ》ってたの」

「え、じゃあテラさまたちにも？」

「もちろん会ったわ。テラさまにトゥルボーさま、それにシヌスさまにもね」

「それは随分《ずいぶん》と頑張ったな……」

テラさまはまだしも、どうやってトゥルボーさまの結界《けっかい》を突破したり海の中を進んだりしたのだろうか。

この肉塊……じゃなかった。

男性に何か特殊な力がある……わけないよなぁ……。

「まあね。あんたがいなくて本当に大変だったわ……」

そう伏し目がちに言うエルマの視線の先では、未《いま》だに男性のお腹をティルナが突っついている最中だった。

――つんつん。

「おもちみたい」

だからやめなさいって。

「まあ私たちもお前から話を聞いていたからな。嫁として色々と言いたいことはあったのだが、さすがにこれだけ大人数で言うのは大人げないと判断した。ゆえに安心しろ。彼女に関しては客人として丁重《ていちょう》にもてなしていただけだ」

「そっか。気を遣《つか》わせて悪かったな」

「いえ、構いません。私《わたくし》たちは一度席を外しますので、エルマさまとお話をされてはいかがでしょうか？　そのくらいの時間はありますよね？」

　マグメルが問うと、シヴァさんは「ええ、大丈夫よ」と頷《うなず》いた。

「なら時間を無駄にしないためにも早々に移動しましょう。その間に私たちは二人からシャンガルラに関しての報告を聞いてるから」

「ああ、わかったよ、ザナ。皆もありがとな」

　俺がそうお礼を言うと、女子たちは微笑《ほほえ》みながら部屋を出ていった。

「ほれ、行くぞ。つんつんタイムは終わりだ」

「残念。とてもいい感触だったのに」

　ティルナもオフィールに連れられて部屋を出ていく。

　——ばたんっ。

　そうして室内には俺たちだけが取り残されて……いない!?

　未だ白目を剝いている男性の姿を発見し、俺は一人がーんっとショックを受けていたのだった。

　いや、すんごい気になるんですけどこれ!?

◇

ともあれ、置いていかれてしまったものは仕方がない。

俺はなるべく男性のことを見ないようにしつつ、エルマに話しかけた。

「あー、なんだ。元気そうで何よりだよ」

「あんたもね。随分と可愛《かわい》いお嫁さんができたみたいじゃない。それもたんまりと」

「は、はは、そこには突っ込まないでもらえると助かる……。俺もあれから色々とあったからな……」

「みたいね。ヒノカミさまの御使《みつか》いがあんただって聞いて驚いたわ。しかもさらに追ってみれば、いつの間にか英雄扱いされてるし」

「まあ、な……」

結果的にそうなっただけで、俺は別に皆を笑顔にしたかっただけなんだけどな。

「で、もう薄々気づいてるでしょうけど、あたしはそんなあんたに触発されて女神さまのもとを巡ってたってわけ。だって悔《くや》しいじゃない。なんの取《と》り柄《え》もなかったはずのあんたが聖女のあたしよりちやほやされてるなんてさ」

「……」

そう肩を竦《すく》めて言うエルマだったが、彼女としては珍《めずら》しく少々声のトーンを落として続けた。

「……でも旅の途中で気づいたわ。あんたに取り柄がなかったわけじゃない。ただあたしがそれに気づかず傲慢《ごうまん》になっていただけだったんだってね」

「エルマ……」

「何よ？　おかしい？　あたしだって反省の一つくらいするわよ。だから今日ここに来たのはあれよ、あれ……。あー……だから、その……」

「？」

何やら言い淀《よど》んでいる様子のエルマに、俺が小首を傾《かし》げていると、彼女は勢いよく頭を下げながらこう言ってきた。

「わ、悪かったわよ！　今まで酷《ひど》いことを言って！　本当にごめんなさい！」

「！」

それはいつか言ってくれるだろうと思って最後まで聞けなかった、彼女からの謝罪の言葉だった。

俺は、夢でも見ているのだろうか。

「あんたがあたしのことを死ぬほど嫌ってるのは知ってるわ……。だから別に許してほしいなんて都合のいいことは言わない……。でもきちんと謝っておきたかったの……。本当にごめんなさい……」

あのエルマがわざわざ謝罪のためだけに俺に会いに来てくれたなんて……。

「……」

いや、でもそうだったな。

彼女は元々それができる子だったんだよ。

ずっと昔のことだったからすっかり忘れてたけど、最初はエルマも俺のことを気遣《きづか》ってくれていたんだ。

日々《身代わり》のスキルで傷だらけになる俺を、彼女はいつも心配してくれていた。

俺が痛がるからと修練を拒否したこともあった。

優しい子だったんだよ、本当は……。

でも周りはそれを許さなかった。

俺たちの故郷は本当になんの変哲《へんてつ》もない山奥の小さな村だったからな。

そんな場所から人々の希望である聖女が出れば、そりゃ皆、期待もするだろうさ。


──〝エルマが自分たちの生活を豊かにしてくれる〟ってな。


今考えれば相当なプレッシャーだったんだと思う。

俺のことは心配でも、大人たちには強い口調で聖女の使命を説かれ続けるんだ。

まだ幼《おさな》いエルマには恐怖でしかなかっただろうし、従うよりほかに方法がなかったんだろうさ。

そうして周りの期待を一身に背負ったまま、エルマは聖女として成長していった。

いつの頃からか、彼女が俺のことを気遣ってくれることもなくなり、聖女に尽くすのは当然だと教え込まれ続けてきた俺も、文句の一つ言うこともなく日々を過ごしていった。

その結果がこれだ。

だから確かに散々《さんざん》酷《ひど》い目には遭《あ》わされてきたけれど、エルマはエルマで被害者だったのかもしれないな。

まあそれにしたって本当に酷かったけどな……。

いや、割とマジで……。

でも——。

「別に嫌っちゃいないよ」

「えっ……」

弱々しく顔を上げるエルマに、俺は小さく嘆息《たんそく》しながら言った。

「これでもそれなりに長い付き合いだからな。君のいいところだっていっぱい知ってるし、別に嫌ってるわけじゃないよ。まあ死ぬほど呆《あき》れはしたけどな」

「うっ……」

「でもこうしてわざわざ謝りに来てくれたんだ。だから許すよ。むしろ来てくれてありがとな」

俺がそう微笑《ほほえ》みかけると、エルマは少々困惑《こんわく》したような顔で言った。

「な、なんであんたがお礼を言うのよ？」

「いや、なんか嬉《うれ》しくてな。俺だっていつまでも昔馴染《なじ》みと絶縁《ぜつえん》状態でなんていたくないし、君は俺の憧《あこが》れでもあったからさ」

「憧れ……？」

呆然《ぼうぜん》と目を瞬《しばたた》かせるエルマに、俺は頰《ほお》を掻《か》きながら言う。

「まあ、子どもの頃の話だけどな？　あの頃の君は優しくて笑顔の可愛《かわい》い——本当に人々の希望である聖女さまって感じだったからさ。俺も力になりたいなって本気でそう思ってたんだよ」

「そう……。それは随分《ずいぶん》と期待を裏切っちゃったわね……」

ふっと自嘲《じちょう》の笑みを浮かべるエルマに、俺は「いや」と首を横に振って言った。

「今の君はもう昔のエルマじゃないだろ？　今の君ならきっとなれるはずだよ——皆を笑顔にできる聖女さまに。俺の憧れだった優しい聖女さまにさ」

「……ありがと。頑張るわ」

そう言って赤い顔で視線を逸《そ》らすエルマを、俺は微笑ましく見つめながら頷《うなず》く。

「ああ、応援してるよ」

すると、エルマが頬を桜色に染めたままちらりとこちらを見やって言った。

「てか、あんたちょっといい男になりすぎじゃない？」

「そ、そうか？　まあ色々あったからな……。それより君の方こそどうしてそこまで考えが改まったんだ？　こう言っちゃなんだが、何か相当の苦労でもしないとそうはならないだろ？」

「ええ、そうね……。がっつりさせられたわよ、その〝相当の苦労〟ってやつをね……」

そう言いながら彼女が死んだような目を向けたのは、未《いま》だに白目を剝《む》いている豊満ボディの男性だった。

恐らくはギルド辺《あた》りで従者契約を結んだ冒険者だとは思うのだが、なんでこの人はこんなところで白目を剝いてるんだろうな……。

まあその辺の説明を今からしてくれるみたいなんだけど……。

「そこに転がってる豚《ぶた》のおかげでね、あたしは気づいたの……。誰かのお世話をするのってこんなにも大変なことだったんだなって……」

「いや、でもお世話係として豚……じゃなく彼を雇《やと》ったんじゃないのか？」

「ええ、そうよ……。なのにいつの間にやらあたしの方が豚を気遣い続ける日々……。嵐の海では頭から大リバースを受け、初壁ドンどころか床ドンまでされた挙げ句、人工呼吸と称して唇《くちびる》を奪われかけた上、最近じゃ勘違《かんちが》いからあたしに好意を向けられてるんじゃないかと思い込み、やたらと手を繋《つな》ごうとしてくる始末……。たぶんあたしの知らないところで絶対パンツも被《かぶ》られてるわ……」

「よ、よくわからないけどなんか大変そうだね……」

ずーんっ、と暗い顔で俯《うつむ》いているエルマに、俺は一応労《ねぎら》いの言葉をかけておいたのだった。

まあ人生色々あるよな……。

多少の気まずさは残るものの、とりあえずエルマと和解できてよかった。

「問題はこの豚《ぶた》が未《いま》だにあたしの素《す》を知らないってことなのよね……」

こうやって普通に話せる日が来るなんて夢にも思わなかったからな。

最初からこういう感じだったなら、俺はきっと今も彼女の従者を続けていたと思う。

世界中を二人で巡《めぐ》って、多くの人たちを笑顔にしていたんじゃないだろうか。

ただそれだと皆には会えなかっただろうから、どっちがいいとは言えないんだけどさ。

「はは、まあ君は昔からプライベートとの使い分けが上手《うま》かったからな。でもこうして素直になれたんだし、いっそのことバラしてみたらいいんじゃないか？」

「む、無理に決まってるでしょ!?　今の今まで清純可憐《かれん》な慈愛《じあい》の女神さまみたいな感じだったんだから!?」

「そ、そりゃ確かに無理だ……」

いや、猫被《かぶ》りすぎだろ。

〝清純可憐な慈愛の女神さま〟ってなんだよ。

そんなのテラさまくらいしか思いつかんわ。

「でもいくら神速《しんそく》とはいえ、手刀《しゅとう》を打ち込んだり首をきゅっとしたりしてるんだろ？　なら普通にバレてるんじゃないかな……」

「え、マジで……？」

「いや、知らんけど……」

揃《そろ》って男性……ポルコさんに視線を向ける俺たちだが、彼は相変わらずぐたりと白目を剝《む》いたままだった。

ところでこれ死んでないよね……？

「っていうか、これでもしバレてたら今まで必死に聖女ムーブしてたあたしが馬鹿《ばか》みたいじゃない……」

「いや、そんなことはないだろ。だってそれを知っていた上であえて気づかないふりをしていてくれたわけだし」

「そ、そりゃそうだけど……」

「それにたとえバレていなくても、この人は猫を被っていたくらいで離れていくような感じの人なのか？」

「……いえ、それはないと思うわ」

確信を持って首を横に振るエルマに、俺は表情を和《やわ》らげて言う。

「ならこの際だから正直に伝えてみようぜ？　これから旅を続けていく上でも、素でいられた方が君も楽だろ？」

「まあね。でも手刀と裸絞《はだかじ》めは許してくれるかしら……？　結構がっつりやっちゃったんだけど……」

「そ、それはどうだろうね……」

顔を引き攣《つ》らせつつ、そう答える。

もっとも、手刀の段階で許容されているのであれば、多少首をきゅっとされたとしても許してくれる……かなぁ……。

いや、でもそういう性癖《せいへき》の方という場合もあるし……。

まあなんとかなるだろ、と俺は内心結論づける。

「さてと」

せっかくだし、もう少し話していたい気もするのだが、今は非常時である。

なので俺は椅子《いす》から腰を上げ、静かにドアの方へと近づくと、がちゃりとこれを開けた。

「「「「――うわあっ!?」」」」

「——っ!?」

その瞬間、シヴァさん以外の女子たちがなだれ込んでくる。

そんな気はしていたのだが、揃《そろ》ってドアに張り付き、聞き耳を立てていたらしい。

「あいたたた……」

「オフィール、重い……」

「くっ、私としたことが……」

「これは失態《しったい》だわ……」

「あ、あの、皆さまどいてください……」

「……」

呆《あき》れたように半眼《はんがん》を向ける俺に、一人この難を逃れていたシヴァさんが肩を竦《すく》めながら言ったのだった。

「まあ、こうなるわよね」

◇

ともあれ、今が非常時だということを簡潔《かんけつ》に説明した俺たちは、次にどこの里へ向かうかを話し合っていた。

候補はやはり竜人とエルフである。

「そうですね、確かにその〝幻想形態〟というものがあることを考えれば、エルフの方がいい気がします」

「ふむ、だがこちらにも〝聖女武装《スペリオルアームズ》〟なる戦闘形態があるのだろう？　ならばたとえ竜が相手だろうと臆《おく》する必要はあるまい。何せ、この私が向かうのだからな」

ふっと不敵な笑みを浮かべるアルカに、マグメルが半眼を向けながら言う。

「いや、あなたは単にその〝聖女武装《スペリオルアームズ》〟を早々に極《きわ》めたいだけでしょう？　ティルナさまに先を越されたのが相当ショックだったみたいですし」

「……知らんな」

ぷいっと恥《は》ずかしそうにそっぽを向くアルカに、当のティルナがぐっと親指を立てて言った。

「正妻交代」

「くっ……」

アルカが悔《くや》しそうに唇《くちびる》を嚙《か》み締める中、オフィールがシヴァさんに問う。

「で、マジでエルフにはその幻想なんちゃらってのがねえのか？」

「そうね、確実にないとは言い切れないのだけれど、でもシャンガルラのように巨大な獣《けもの》などには変身しないと思うわ」

「なるほど。であればやっぱりエルフの方がいいんじゃないかしら？　少なくとも竜を相手にするよりは早く倒せると思うし」

「うん、わたしもそう思う」

「だ、だがそれではだな……」

珍《めずら》しくおろおろするアルカの肩をぽんっと叩《たた》き、マグメルは黄昏《たそが》れたような顔でこう告げたのだった。

「諦《あきら》めましょう、アルカディアさま。今の正妻は完全にあの子です」

「……」

どやぁ、とその控《ひか》えめなお胸を張っているティルナに、当然アルカはずーんっと死んだような顔になっていたのだった。

110章 発動条件

そんなこんなで次の目標を〝弓〟の聖者――カナンの浄化に決めた俺たちは、シャンガルラの時同様、〝眼《め》〟となるシヴァさんと神器《じんぎ》に対応する聖女――ザナを連れ、スザクフォームで急ぎエルフの里へと向かっていた。

エルフの里はエストナから遥《はる》か南東の大森林地帯にあるといい、この速度なら先回りできるかもしれないという話だった。

もちろんエルフたちを巻き込まないで済むのであればそれに越したことはない。

できれば途中で追いつけるといいのだが……、などと考えを巡《めぐ》らせていた時のことだ。

「――ところで、例の彼女を抱く算段はできたのかしら？」

「「……はっ？」」

唐突《とうとつ》にシヴァさんがそんなことを言い出し、思わずザナともども目が点になる。

するとすると、シヴァさんは「ごめんなさい。私、一つ勘違《かんちが》いをしていたわ」と前置きして続けた。

「恐らくなのだけれど、女神フィーニスを倒すには七人の聖女たち全員と聖女武装《スペリオルアームズ》を使う必要があるみたいなの」

「え、でも七つの疑似《ぎじ》レアスキルを持っていれば大丈夫なんじゃ……?」

「ええ、私も今まではそう思っていたわ。だからあの時もあなたに女神フィーニスを殺すよう言ったのだけれど……ごめんなさいね。どのみちあの時点では無理だったみたい」

「えぇ……」

じゃあもしあの時俺がフィーニスさまに一撃を入れていたら、殺すどころか逆に全員揃《そろ》って殺されてたってことか……。

たぶんフィーニスさまなら不死身の俺だって殺せるだろうし……。

こう言ってはなんだけど、フィーニスさまが早々に拘束《こうそく》を解いてくれてよかった……、と俺が顔を引き攣《つ》らせていると、ザナが不満そうに嘆息《たんそく》して言った。

「……で、その〝聖女武装《スペリオルアームズ》〟を発動させるためにはイグザと物理的にも一つになる必要があると?」

「そうね。だってそうしないと〝鳳凰紋章《フェニックスシール》〟が刻《きざ》まれないでしょう?」

「「!」」

シヴァさんの言葉に、俺たちは揃って目を丸くする。

なるほど。

重要なのは抱く行為そのものではなく、鳳凰紋章《フェニックスシール》による繋《つな》がりというわけか。

いや、でもなぁ……。

「えっと、事情はわかったんですけど、さすがにエルマを抱くのはちょっと……」

「あら、好みじゃなかったかしら？　確かにお胸は控《ひか》えめだったけれど」

うん、それは俺が一番よく知ってる……って、そうじゃなくて!?

「いえ、そういうことではなく……。一応和解はできましたけど、まだ全然気まずさが残ってますし、そもそもあいつの方が嫌がるんじゃないかなと……」

「ふふ、それはどうかしら？」

「えっ？」

意味深な笑みを浮かべるシヴァさんに、俺が呆然《ぼうぜん》と目を瞬《しばたた》いていると、ザナも不本意そうに同意してきた。

「そうね。ああいうタイプは押しとギャップに弱そうだし、気弱だったはずのあなたが男らしくぐいぐい行けば、意外とすぐ落とせるかもしれないわよ？　なんなら壁ドンでもしてみたらどうかしら？」

「いや、壁ドンって……」

「あら、いいじゃない。帰ったら是非《ぜひ》やってみてちょうだいな。私も見てみたいし」

「いやいやいや……」

壁ドンであのエルマが落ちたら苦労はせんわ……。

てか、〝見てみたい〟ってそれただの興味本位じゃねえか!?

◇

一方その頃。

エストナの宿に残ったマグメルたちは、各々《おのおの》鍛錬《たんれん》をしたりお茶を飲んだりと、それぞれが自由に時間を潰《つぶ》していたのだが、やはり気になっていたのはエルマの存在だった。

愛するイグザの幼馴染《おさななじ》みであり、彼を傷つけて絶縁《ぜつえん》されたという彼女に対し、全員が少なからず意識を向けていたのである。

「……はあ」

まあ隅《すみ》っこで膝《ひざ》を抱えているアルカディアのような者もいるが……。

「あの、エルマさま」

ともあれ、このままではなんとも雰囲気《ふんいき》が重苦しいので、マグメルは同じく部屋の隅で大人しくしていたエルマに話しかけることにした。

「な、何かしら?」

急に話しかけられてびっくりしたのだろう。

困惑《こんわく》している様子のエルマに、マグメルはなるべく優しい声音《こわね》で言った。

「いえ、そろそろお連れの方を起こして差し上げた方がよろしいのではないかと思いまして」

「あ、ああ、そういうこと……」

「はい。もしよろしければ私《わたくし》が治癒《ちゆ》術をおかけしますがどうしますか？」

「ええ、お願いするわ。ありがとう、マグメル……さん」

「ふふ、〝マグメル〟で構いませんよ。では治癒術をおかけしますね」

そう微笑《ほほえ》み、マグメルは白目の男性――ポルコに治癒術をかけ始める。

「……う、ん～……」

単に気を失っているだけなので、ポルコはすぐに意識を取り戻したのだが、

「――っ!?」

「？」

マグメルの姿を見た彼は驚いたように目を見開いたかと思うと、彼女の手を取ってこう言ったのだった。

「め、女神さま……」

「えっ……？」

「あ、あの……」

突然のことにマグメルは困惑《こんわく》しているようだった。

そりゃそうだろう。

いきなり見知らぬ豚《ぶた》に手を握られ、鼻息荒くずいっと顔を寄せられているのだ。

あたしだったら普通にビンタものである。

だが豚は本当に女神……というか、理想の女性にでも出会ったかのように感激しながら口を開いた。

「あなたこそ私の捜し求めていた女神さまそのものです……。是非《ぜひ》お名前を……」

「は、はい。私《わたくし》はマグメルと申します。〝杖《つえ》〟の聖女です」

「そうでしたか。申し遅れましたが、私の名はポルコ。独身です」

「え、あ、そうですか……」

いや、何を男らしい顔で口説こうとしてんのよ!?

マグメルが引いてるじゃない⁉

てか、あんたあたしに気があるんじゃなかったの⁉

……。

って、違うわよ⁉

あたしの方があんたに気がある的な感じに思い込んでるんだったわ⁉

いや、まあそれはぶっちゃけどうだっていいんだけど、問題はそのあたしを放ってなんでいきなりマグメルに行ったのよ⁉

さっきまでやたらと手を繋《つな》ごうとしてきてたくせに！

「――っ⁉」

そこであたしははたと気づく。

柔和《にゅうわ》な面持《おもも》ちに丁寧《ていねい》な物腰と、実に柔らかそうな体つきにたわわに実った豊満なお胸。

――そう、あたしとキャラが被《かぶ》っているのである！

というか、完全にあたしの上位互換じゃない⁉

……。

いや、あたしの上位互換じゃないわよ⁉

聖女ムーブしている時のあたしの上位互換ね!?

そこ重要なところだから間違わないように！

「くっ……」

でもそういうことなら納得がいったわ。

マグメルはあたしに少しばかり足りないものを完璧《かんぺき》に備えている。

巨乳……いや、〝爆乳〟という最後のピースを。

ならば巨乳好きの豚が惹《ひ》かれるのは当然のこと。

彼女に治癒《ちゆ》術を頼む前に気づくべきだったわ。

まあ別に豚が誰を好きになろうと知ったこっちゃないんだけど、でもマグメルに迷惑をかけるのは本意じゃないし、何より豚がこのあたしを振ったっていう事実に腹が立つ！

そんなぷにぷにのお腹《なか》でよくもまああたしのことを振ってくれたわね!?

「あ、あの、そろそろ手を……」

「運命、というものを信じますか？」

「え、あの……」

さすがにちょっとイラッとしてきたので、あたしは豚に絶望的な事実を突きつけてやることにした。

「ふふ、ダメですよ？　ポルコ。マグメルさんはイグザさまの奥方さまなのですから」

「——っ⁉」

ふう、これでちょっとは大人しくなるでしょ。

まったくこれだから巨乳好きの男は……。

そう小さく嘆息《たんそく》していたあたしだったのだが、

「いえ、もうこの際人妻でも構いません！　どうかこの不肖《ふしょう》ポルコめのお嫁さんにふぎゅうっ⁉」

——どさりっ。

豚の乱心に再び首をきゅっとすることにしたのだった。

てか、もうこのまま永眠させた方がいいんじゃないの？　この豚。

111章　エルフの里

「――動かないでください。ここを我らエルフの領域と知っての狼藉《ろうぜき》ですか？」

黒人形《ドール》と化した〝弓〟の聖者――カナンを追って、エストナから遥《はる》か南東の大森林地帯へとやってきた俺たちは、現在エルフの里で彼らに包囲されている真っ最中だった。

というのも、本来ならばカナンが里に辿《たど》り着く前に直接叩《たた》くはずだったのだが、俺たちの存在に気づいたらしい彼が木々の中に身を潜《ひそ》めてしまったことで、捜索が困難になってしまったのである。

シヴァさんの〝眼《め》〟でも正確な位置がわからない以上、無闇《むやみ》に攻撃するわけにもいかず、ならばとエルフたちに危険を知らせにやってきたのだ。

が、当然よそ者の俺たちを警戒《けいかい》しないはずもなく、このように全包囲されてしまったというわけである。

そういえば、前にもこんなことがあったっけか。

あの時はアイリスの姉妹たちに問答無用で攻撃された挙げ句、彼女たち全員から聖女の気配がすると言われてめちゃくちゃ驚いた覚えがあるな。

「ええ、もちろん。私は〝盾《たて》〟の聖女――シヴァ。こっちは同じく〝弓〟の聖女――ザナと、私たちのダーリンであり、救世の英雄でもあるイグザよ」

「聖女と救世の、英雄……？」

ともあれ、弓を構えたまま訝《いぶか》しげに眉根《まゆね》を寄せるのは、尖《とが》った耳と色素の薄い髪の毛が特徴的な色白の美女だった。

ほかのエルフたちも皆似たような見てくれをしており、どうやら男女問わず容姿に優《すぐ》れた者が多い種族らしい。

「ええ、そうよ。〝カナン〟という名に覚えがあるわよね？」

「おい、ザナ!?」

「どうせあとでわかることでしょう？　それより今は早々に話を進めることを優先した方がいいと思うわ」

「……そうだな。わかった」

せめて聖者としての名誉くらいは守らせてやろうかと思っていたのだが、確かに今優先すべきなのはエルフたちの身の安全である。

ザナの言葉に俺が頷《うなず》いていると、女性は驚いたような顔でこう問いかけてきた。

「何故《なぜ》あなたたちが彼《か》の者の名を知っているのですか？」

「その説明と警告をするために私たちはここに来たの。だからいい加減武器を下ろしてもらえないかしら？　私たちは決してあなたたちの敵ではないわ」

そうザナが懸命《けんめい》に訴えかけるものの、女性は首を横に振って言った。

「いいえ、それはできません。たとえあなたたちがあの忌《い》むべき者の名を知っていたとしても、我らの領域に無断で立ち入ったことは事実。このまま拘束《こうそく》させていただきます」

「あら、それは困ったわね。悠長《ゆうちょう》にそんなことをしている余裕はないのだけれど」

やれやれとシヴァさんが嘆息《たんそく》する中、俺はもうこうなったら直接説明するしかないと、女性に対して声を張り上げた。

「お願いです！　話を聞いてください！　今この里には大きな危機が迫っているんです！」

「……大きな危機？」

「そうです！　俺たちは女神フィーニスに操《あやつ》られた〝弓〟の聖者――カナンからあなたたちを守るためにここに来ました！　今のカナンの浄化は五柱《いつはしら》の女神たちの力を持つ俺たちにしかできません！　だからどうかカナンがここに来る前に退避をお願いしたいんです！」

「「「「――っ!?」」」」

その瞬間、件《くだん》の女性を含めたエルフたちの間に動揺が走ったのがわかった。

少しは信用してもらえたのか、女性が神妙《しんみょう》な面持《おもも》ちで弓を下ろしながら言った。

「まさか人間の口からフィーニスさまの御名《みな》が出るとは思いませんでした……。それにあなたから感じるこの大きな力……。どうやら今の話に偽《いつわ》りはないようですね」

「では——」

「ですがそういうことならなおのこと退《ひ》くわけにはいきません。わざわざ警告に訪れてくれたことには感謝しますが、エルフの不始末は我らエルフが片をつけます。ですからあなたたちはこのままここを——」

と。


「——グオアアアアアアアアアアアアアアアアアアアアアアアッッ!!」


——どぱんっ！

「「「「「「——なっ!?」」」」」」

ふいに木の陰《かげ》から全身を黒いオーラに包まれたカナンが飛び出し、女性に向けて強烈な一撃を放った。

それは空《くう》を裂いて真《ま》っ直《す》ぐ女性のもとへと飛んでいき、その華奢《きゃしゃ》な身体《からだ》を無慈悲《むじひ》にも貫《つらぬ》こうとしたのだが、

——がきんっ！

「えっ……？」

「……させるかよ！」

直前で俺の〝盾〟によって完全に阻《はば》まれたのだった。

112章　〝弓〟の黒人形

「全員矢を放て！　やつを生かして帰すな！」

――どひゅうっ！

エルフの男性の怒声《どせい》に続き、周囲のエルフたちが一斉《いっせい》にカナンを攻撃する。

「グアアアアアアアアアアアアアアアアアアッ！」

当然、滞空中のカナンにこれを避ける術《すべ》はなく、ほぼ全《すべ》ての矢が彼の全身に命中したのだが、

「グルゥ……ッ」

「「「「「――なっ!?」」」」」

ずずず、と矢が吸い込まれるように体内へと呑《の》み込まれていく。

と。

「――っ!?」

「――きゃっ!?　な、何を……」

俺は即座に女性を抱きかかえて飛び、その場にいた全員に対して声を張り上げた。

「──皆逃げろッ！」

「「「「「──っ⁉」」」」」

「グオアアアアアアアアアアアアアアアアアアアッッ‼」

──どひゅうううううううううううううううううっ！

「「「うわあああああああああああああああああっっ⁉」」」

まるで弾《はじ》けるようにカナンの身体《からだ》から矢が飛び出し、俺たちを包囲していたエルフたちを一掃《いっそう》する。

シヴァさんの側《そば》にいたザナは彼女の盾術《じゅんじゅつ》によって守られたようで、ぱっと見は二人とも無傷のようであった。

「あ、ありがとうございます……」とエルフの女性。

「いえ！　でも危険なので離れていてください！　それと怪我《けが》をされた方々はシヴァさんの盾《たて》が守ってくれますので、その間に皆さんを早く安全な場所へ！」

「わ、わかりました……」

「──ザナ！」

「ええ、了解よ！」

女性が頷《うなず》いたことを確認した俺は、双剣を顕現《けんげん》させ、地を蹴《け》ってカナンに攻撃を仕掛ける。

「はあっ！」

どひゅっ！　とザナの援護射撃が先にカナンへと届こうとした瞬間。

「グガウッ！」

――がしゅっ！

「――なっ⁉」

突如《とつじょ》やつの身体から生《は》えた三本目の腕が、それを鷲掴《わしづか》みにする。

「ウグアアアアアアアアアアアアアアアアアアッ！」

かと思いきや、光の矢のエネルギーがカナンの構える矢に一瞬で取り込まれ、ばちばちっと火花を弾けさせる峻烈《しゅんれつ》な一撃となって、特攻中の俺目がけて放たれた。

――どぱんっ！

「うおっ⁉」

ずがんっ！　と咄嗟《とっさ》に盾に切り替えたことで直撃は避けられたが、それでも衝撃で数メートルほど吹き飛ばされる。

ザナの力も上乗せされていると思われ、凄《すさ》まじい一撃だった。

先ほどもエルフたちの矢を跳《は》ね返していたし、まさか遠距離系の攻撃は全て無効ということなのだろうか。

　慌《あわ》てて駆けつけてくれたザナを安心させるため、俺は力強く頷いて言う。

「ああ、問題ない。でも厄介《やっかい》だな。撃ち込んだ攻撃に自分の力を合わせて跳ね返してくる感じか」

「みたいね。まあそれも限度があるでしょうけれど。近接戦闘の方はどうなのかしら？　さすがに跳ね返されることはないと思うのだけれど……」

「うん。だからたぶん付き合ってはくれないと思う。恐らくあいつの戦闘スタイルは自分で遠距離攻撃をしつつ、相手からの攻撃も利用するって感じだろうからな」

「なるほど。相変わらずいい性格をしているわね」

　そういえば、ザナは黒人形化《ドール》される前にカナンと戦っているんだったな。

　この口ぶりだし、元々そういう感じの性格だったのだろう。

「つまりあの人を倒すためには超高速で近接戦闘を挑《いど》むか、跳ね返せないほどの膨大《ぼうだい》なエネルギーを叩《たた》き込むかの二択しかないってわけね」

「ああ。そして俺たちの選択は最初から決まっている。そうだろ？」

「ええ、もちろん。そのために私はここにいるのだから」

　ザナがそう微笑《ほほえ》みながら頷くと、俺たちの身体が淡い輝きに包まれる。

　ティルナの時と同じ、優しくも〝力〟に満ちた輝きだ。

「グオアアアアアアアアアアアアアアアアアアアアアアアアアアアアアアッッ!!」

「──!」

そして俺たちの雰囲気《ふんいき》が変わったことにカナンも気づいたのだろう。

彼が雄叫《おたけ》びを上げた瞬間、その身体から何本もの腕が飛び出し、周囲の木々が枯れ始めたかと思うと、エルフたちが一斉に苦悶《くもん》の表情を浮かべ、地に片膝《かたひざ》を突き始めたのだった。

113章　ダークハイエルフ

「くっ、これはさすがにキツいわね……っ」

苦しそうなのは防御壁を張っていたシヴァさんも同じで、必死に余裕の笑みを浮かべようとしていた。

「これは……皆の生命力を吸い取っているのか？」

「みたいね。私たちは辛《かろ》うじて耐えられているみたいだけれど、それでも力を吸われていることに変わりはないわ」

確かに先ほどまでの力強さを感じなくなっている気がする。

このまま吸われ続ければ、いずれ俺たちも動けなくなってしまうことだろう。

その前に早く聖女武装《スペリオルアームズ》を発動させなければ。

俺がそう焦燥《しょうそう》感を覚えていると、負傷したエルフたちのもとにいた件《くだん》の女性が、信じられないといった表情で口を開いた。

「まさか忌《い》み子であるカナンが〝ハイエルフ〟にしか許されない〝隷柔の羽衣《マナアブソーブ》〟を使用すると

は……。創世《そうせい》の女神たちよ、一体これはなんの悪夢なのですか……」

「絶望しているところに悪いのだけれど、できればダーリンたちにもその〝隷柔の羽衣《マナアブソーブ》〟だかについて説明してもらえないかしら……っ？　これ以上は私も保《も》たないし……っ」

ばきんっ！　と盾術《じゅんじゅつ》を綻《ほころ》ばせながら言うシヴァさんに、女性もはっと正気を取り戻したようで、「も、申し訳ありません……」と説明してくれる。

「我々エルフには異端種《いたん》であるダークエルフのほかに、〝女神の寵愛《ちょうあい》を受けし者〟と呼ばれる最高位のエルフ――〝ハイエルフ〟が存在します。これはダークエルフのような生まれつきのものではなく、長き修練を積んだ末に到達する境地のようなもので、我らエルフの歴史の中でも始祖《しそ》エフェルミルさまただお一人しか確認されておりません」

「なるほど。その尊敬する始祖さましか使うことができなかったはずの術を、異端種であるダークエルフが使った。そりゃ気が気でないわよね」

ザナの言葉に、女性は力なく頷《うなず》く。

「はい、仰《おっしゃ》るとおりです……。我々も伝え聞いていただけなので実際に目にしたわけではないのですが、元来は周囲の生きとし生けるものたちから少しずつ力を借りる術であり、このように無作為に命を搾取《さくしゅ》するものではないはずなのです……」

なるほど。

そのタガを神器《じんぎ》が外し、皆から必要以上のエネルギーを巻き上げているというわけか。

「ないとは聞いていたけれど、恐らくはこれが彼の〝幻想形態〟でしょうね。まあ確かに神器で黒人形《ドール》にされた以上、〝女神の寵愛を受けし者〟というのはあながち間違いではないのでしょうけれど」

「そうだな。言ってみれば、ハイダークエルフ……いや、状況的には〝ダークハイエルフ〟とでも呼んだ方が的確か。どちらにせよ、厄介《やっかい》な相手であることに変わりはないな」

「そうね。だからこそ私たちも力を一つに合わせましょう」

頷き、ザナが俺の方へと近づいてくる。

「ざ、ザナ!?」

そしてそのままぎゅっと俺に抱きついた彼女は、上気《じょうき》した顔で言った。

「私はティルナとは違うわ。私はただあなたに愛されていたいだけ。あなたとずっと一緒にいたいだけ。だから私を愛して、イグザ。あなたが私を愛してくれるのなら、私は私の全《すべ》てをあなたにあげる。あなたの望むままに、私たちを害する全ての敵を打ち砕《くだ》いてあげるわ」

「ああ。一緒に行こう、ザナ。――愛してる」

「……嬉《うれ》しい。私もあなたを心から愛しているわ、イグザ……んっ」

――ぱあっ！

ザナと口づけを交わした瞬間、俺たちを包む輝きが一層、力強さを増し、彼女の下腹部に刻《きざ》まれていた鳳凰紋章《フェニックスシール》から炎が噴《ふ》き出す。

――ごごうっ！

それは瞬《またた》く間に俺たち二人を包み込み、強靭《きようじん》かつ神々《こうごう》しい一張《いつちよう》の弓をそこに顕現《けんげん》させた。

「「――〝聖女武装《スペリオルアームズ》《天弓《てんきゆう》》〟ッッ!!」」

どぱんっ！　と《隷柔の羽衣《マナアブソーブ》》の呪縛《じゆばく》を弾《はじ》き飛ばしながら変身した俺たちに、カナンもまた雄叫《おたけ》びを上げる。

「ウグオアアアアアアアアアアアアアアアアアアアアアアアアッッ!!」

すると、力を取り込んだことで肥大化《ひだいか》しつつあったやつの身体《からだ》に変化が生じる。

ぎゅるり、と再び身体が縮《ちぢ》んでいき、カナン本来の肉体が露出《ろしゆつ》したのだ。

「グルゥ……ッ」

だがやはり意識は彼のものではなく、どうやら外に溢《あふ》れていた力を内側に凝縮《ぎようしゆく》したらしい。

その証拠に、カナンの背には何か翼のような金属塊《かい》らしきものが備わっており、服装も上半身は裸だが、節々《ふしぶし》に装甲《そうこう》のようなものを纏《まと》っていた。

恐らくはスザクフォームと同じ戦闘フォームの一種だろう。

エルフの始祖――エフェルミルさまがこれを使ったかどうかはわからないが、ダークエルフよりもさらに上の段階へと昇華《しようか》したのは確かだった。

が、そんなものに後《おく》れを取るような俺たちではない。

「行くぞ、ザナ！　俺たちの力を見せてやろうぜ！」

「ええ、了解よ！」

ばちばちっ！　と峻烈《しゅんれつ》な輝きを放つ光の矢を構え、俺たちはカナンとの最終決戦に臨《のぞ》んだのだった。

「ウグオアアアアアアアアアアアアアアアアアアアアアアッッ!!」

——どひゅううううううううううううううううううっ！

カナンの雄叫《おたけ》びとともに背中の金属塊《かい》が開き、凝縮《ぎょうしゅく》された黒いエネルギー体が何本も空《くう》を裂いてくる。

それはまるで意志を持つかのように俺たちを追尾《ついび》してきたのだが、

「——《神纏《グランド》》重閃多連撃《ファランクスブロー》ッッ!!」

「——ッ!?」

——どばあああああああああああああああんっ！

聖女武装《スペリオルアームズ》を発動させた俺たちの最上位武技《ぶぎ》によって、その全《すべ》てが瞬《またた》く間に相殺《そうさい》された。

「凄《すご》い……。これが聖女武装《スペリオルアームズ》の力……」

その光景を唖然《あぜん》と見入っている様子のザナに、俺は頷《うなず》いて言った。

「ああ、そうだ。これが聖女武装《スペリオルアームズ》の――俺たちの力だ」

「ふふ、なるほどね。今ならアルカディアの気持ちがわかるわ」

「えっ？」

「だって私たちは今本当の意味で一つになっているのだもの。妻の一人として、それを最初に発動させたティルナに嫉妬《しっと》するのは当然でしょう？　とくにアルカディアは一番初めにあなたのお嫁さんになったのだから」

「そ、それはまあなんだ……。ごめんとしか言いようが……」

俺がばつの悪そうな顔で頬《ほお》を掻《か》いていると、ザナがふふっと笑って言った。

「別に謝らなくてもいいわ。確かに少々妬《や》けちゃうけれど、それはそれできっと意味のあることだと思うしね」

「……そうだな。そう言ってもらえると助かる」

「ええ。でもそうね、やっぱりちょっと妬けちゃうから、この不満はあの殺意を剝《む》き出しにしている怖い人にでもぶつけさせてもらおうかしら？」

ザナが視線を向けた先では、件《くだん》の一撃を防がれたカナンが憤《いきどお》りに満ちた顔でこちらを睨《にら》みつけていた。

「ああ、わかった。なら君の力――存分《ぞんぶん》に貸してもらうぞ！」

「ええ！　思いっきりやってちょうだい！」

「グガアアアアアアアアアアアアアアアアアアアアアアアアアッッ!!」

――どひゅうううううううううううううううううううううううっ！

再び多弾攻撃を放ってきたカナンに、

「「――〝《神纏《グランド》》極光重閃多連撃《ファランクスフルブロー》〟ッッ!!」」

俺たちもまた極大の一撃をお見舞いしてやったのだった。

◇

一方その頃。

ずずんっ！　と身を横たえた魔物の心臓を抉《えぐ》り出し、それを貪《むさぼ》っている者がいた。

「グギャアアアアアアアアアアアアアアアアアアアッ!?」

額《ひたい》から突き出た二本の角《つの》が特徴の亜人《あじん》――エリュシオンだ。

霊峰《れいほう》ファルガラで神器《じんぎ》に侵食《しんしょく》された聖者たちから無事逃げ果《おお》せた彼は、その後西へと移動し、このように片っ端から強靭《きょうじん》な魔物たちを惨殺《ざんさつ》――その心臓を食らい続けていたのである。

何故《なぜ》〝剣〟の聖者である彼がそんなことをしているのか。

その理由は彼の胸元に刻《きざ》まれた〝黒い痣《あざ》〟にあった。

そう、女神フィーニスに貫《つらぬ》かれた傷跡である。

傷が塞《ふさ》がってもなお残る呪詛《じゅそ》のようなその痣を、エリュシオンは独自の方法で克服しようとしていたのだ。

「ふむ、今のやつはそれなりの強さを誇っていたようだな」

びきびきと胸の痣が小さくなっていく様子を見据《みす》えつつ、エリュシオンはそう静かに独《ひと》りごちる。

この痣はフィーニスの子以外のものを全て殺すための呪詛。

であれば彼女の子である魔物を取り込み、よりそれに近づけば薄れるのは道理である。

ゆえにエリュシオンは〝穢《けが》れ〟のもっとも凝縮している部位である心臓を直接食らい、魔物の力を取り込み続けていたのだ。

よもやヴァエルの研究をこのような形で使うことになるとは思わなかったが、この技法があればエリュシオンは再び戦場へと戻ることができるだろう。

すでに同志はおらず、〝神器〟という神の力もありはしない。

だがエリュシオンにはヴァエルになかった強靭な意志と肉体が残っている。

元来は抽出《ちゅうしゅつ》して薄めてからでないと取り込めない心臓の〝穢れ〟を、そのまま取り込めているのが何よりの証拠だ。

──ぎゅるりっ！

「ほう、なかなかいい剣だ。これならば飛竜《ひりゅう》の鱗《うろこ》だろうと容易に斬《き》り裂くことができるだろう」

変化した右腕を見やり、そう評価を下す。

そしてエリュシオンは虚空《こくう》を睨み、その遙《はる》か先の〝獲物《えもの》〟に向けてこう告げたのだった。

「待っていろ、女神フィーニス。貴様の力──この私が必ず食らってやる」

《聖女パーティー》エルマ視点37：え、子どもじゃなかったの⁉

「……」

気まずい……、とあたしは相変わらず部屋の隅《すみ》の椅子《いす》で膝《ひざ》を抱えていた。

豚《ぶた》の再封印《ふういん》以降、マグメルともお茶のおかわり以外話していないし、イグザが帰ってくるまでこれが続くのは正直キツい。

まああたしからしたら完全にアウェーなわけだし、少し謝った程度で彼女たちからの印象が変わることがないのはわかっているのだが、しかしなんというのだろうか。

「……はあ。今頃はもう発動させているのだろうな、聖女武装《スペリオルアームズ》……」

――ぼんっ！

「おい、いつまで凹《へこ》んでんだよ。次はおめえの番だろ？　つーか、それより暇《ひま》すぎて堪《たま》んねえぜ。筋トレもいい加減飽きちまったしよぉ」

――ぼぼんっ！

「なら大人しくしていてください。正直、暑苦しいです」

　──ぼぼぼーんっ！

「……」

　いや、乳圧が凄《すご》い!?

　なんなのよ、この乳空間は!?

　ぼんぼんお胸を揺らしながら会話する三人に、あたしは内心突っ込みを入れる。

　今イグザと一緒にエルフの里へ行ってる二人も巨乳の部類だし、どうなってんのよ聖女の選別は!?

　しかも豚を入れたら今この部屋六人中四人が巨乳じゃない!?

　こんなのもう乳の暴力よ、暴力!?

　と、あたしが迫りくる乳圧に一人押し潰《つぶ》されそうになっていた時のことだ。

　──つんつん。

「癒《いや》し系お肉」

「……」

　再び豚のお腹《なか》を突っついているティルナの姿が目に入り、あたしは砂漠でオアシスでも見つけたかのような気持ちになる。

「？」

　すると、ティルナもこちらの視線に気づいたらしい。

彼女は豚のお腹を指差しながら言った。

「あなたもつんつんする？」

「い、いいえ、あたしはいいわ」

たまにたぷたぷしてるし。

「そう。ならわたしだけで楽しむ」

ぷにぷに、と突っつきを再開させたティルナだったが、彼女はそのままこう尋《たず》ねてきた。

「――それであなたはこれからどうするの？」

「えっ？」

「聞いたでしょ？　今わたしたちは終焉《しゅうえん》の女神――フィーニスさまと戦っていて、聖者たちの持つ神器《じんぎ》をわたしたちの聖具で浄化しようとしている。そこには当然〝剣〟の神器も含まれている」

「……そう、でしょうね」

「ええ。わたしたちは別にあなたのことが嫌いなわけじゃない。あなたのしたことは確かに酷《ひど》いことだったと思うけれど、あなたはそれをきちんと省《かえり》みて、イグザもそれを受け入れた。ならわたしたちが言うことは何もない。問題はそのあと」

小首を傾《かし》げるあたしに、ティルナは「うん」と頷《うなず》いて言った。

「そのあと……？」

ちなみに、「いや、あたしはちょっと言いてえことがむぐうっ⁉」とオフィールがマグメルに羽交《はが》い締めにされていたことはさておき。

「あなたがわたしたちを信じて力を貸してくれるのなら、わたしたちもあなたを仲間として信じようと思う。でもずっとそこで膝を抱えられていたら、わたしたちは何もできない。もちろん強制じゃないし、この豚さんと旅を続けたければそれでも構わない。あなたの意志をわたしたちは聞きたい」

「あたしの意志……」

そんなの決まってるじゃない。

迷惑をかけた以上は力くらい貸すわよ。

でも、きっとそういうことじゃないんでしょうね……。

仲間を信じる、かぁ……。

そんなことを真顔《まがお》で言われたのははじめてだわ……。

「自分で言うのもどうかと思うけど、あたし結構性格悪いわよ？　今はまあ反省してるから大人しくしてるけど、そのうちまた傲慢《ごうまん》になるかもしれないし……」

「その時は仲間として窘《たしな》めるから大丈夫。というか、わたし以外は基本的に皆、性格が悪いので問題ない」

「「おい!?」」「ちょっと!?」

残りの三人が揃《そろ》って抗議の声を上げるが、ティルナはどこ吹く風であった。

その様子が無性《むしょう》におかしく思えたあたしは、小さく嘆息《たんそく》して言った。

「――わかったわ。ならあんたの言うとおり、全力で背中を預けてあげる。その代わり、あんたたちもあたしを頼りなさいな。仲間として全力でサポートするから」

「うん、任せて。いっぱい頼る」

こくり、と頷くティルナに、ほかの聖女たちもふっと顔を綻《ほころ》ばせているようだった。

そんな中、あたしは少々恥《は》じらいつつティルナに問う。

「てか、あんたお子さまのくせに随分《ずいぶん》としっかりしてるのね？」

すると、ティルナは「もちろん」と頷いてこう言ったのだった。

「だってわたしはシヴァより年上のお姉さんだから」

「……はっ？」

当然、あたしは呆然《ぼうぜん》と目が点になったのだった。

あとがき

お久しぶりです。

おかげさまで『パワハラ聖女』もついに四巻目となりました。

しかもなんと嬉《うれ》しいことに、この度コミカライズ企画が進行中でございます！

続報は追ってお知らせしていきますので、是非《ぜひ》期待してお待ちいただけたらと思います！

願わくばこのままアニメ化まで走ってもらえたら個人的には嬉しく……と、それはさておき。


さて、前回〝拳《こぶし》〟の聖女ティルナをお嫁さん兼仲間にし、〝鳳凰紋章《フェニックスシール》〟を覚醒《かくせい》させ、ドワーフの里で新武装〝無限刃《むげんじん》アマテラスソール〟を手に入れたイグザは、その圧倒的な力で聖者たちを追い詰めていきます。

が、そこに現れたのは聖者たちの首魁《しゅかい》にして〝剣〟の聖者――エリュシオンでした。

アマテラスソールを手に入れたイグザにも匹敵《ひってき》する力を持つエリュシオンは、自《みずか》らの背後に〝終焉《しゅうえん》の女神〟なる謎の存在がいることを仄《ほの》めかします。

一体〝終焉の女神〟とは何者なのか。

最後の一柱《ひとはしら》――〝雷〟と〝破壊〟を司《つかさど》る女神フルガのもとに辿《たど》り着いたイグザたちを待っていた驚愕《きょうがく》の展開とは!?

そして毎回ろくな目に遭《あ》わないエルマたちがついにイグザたちと邂逅《かいこう》を――!?

というような感じの本作ですが、今回はまさに一つのターニングポイントのような感じになっておりますので、是非《ぜひ》マッパニナッタ先生の素晴らしいイラストとともに楽しんでいただけたら幸いです。

カバーは言わずもがな、口絵も挿絵《さしえ》も本当に〝最高〟の一言に尽きる出来となっておりますので。

ちなみに口絵は前回のお尻《しり》と同様、修正前だとがっつり見え（以下自主規制）。


ともあれ、今回はページ数をいつもよりも多くいただいておりますので、いつかやりたいと思っていた各種設定についての補足などをさせていただけたらなと。

本当は本文中に書きたかったのですが、テンポが悪くなったりするのであえて省略していたりしておりまして……。

というわけで、まずは二巻から登場した〝神纏《グランド》〟の名を冠するスキル類ですが、これは〝女神クラスと同等の威力《いりょく》を持つ〟という意味でして、基本的に女神が使う武技《ぶぎ》と術技《じゅつぎ》の威力は同じものでも人の比ではないため、そこに至《いた》ったことを表しています。

つまりオフィールの得意技――《神纏《グランド》》風絶轟円衝《テンペストブレイク》〟は、トゥルボーの〝風絶轟円衝《テンペストブレイク》〟とほぼ同威力ということですね。

なので女神たちの使うスキルに〝神纏《グランド》〟の名が付いているものはありません。

ただイグザに関しては女神であるイグニフェルと直接交わっている上、ほかの女神たちの力も得ているため、現状通常スキルでも彼女たちに近いレベルであり、一部《神纏《グランド》》系スキルではそれを凌駕《りょうが》しています。

もちろんこれを使うことができるのは女神に力を与えられた者のみなので、通常の冒険者の中に《神纏《グランド》》系スキルを使える者はいません。

〝人の限界を超えたブースト技〟だとでも思ってもらえたらわかりやすいのではないかなと。

《神纏《グランド》》系スキルに関してはそんな感じでしょうか。


次にこの物語最強のチートスキルである〝鳳凰紋章《フェニックスシール》〟ですが、これに関しては本作でその本質の一部が語られているので、あまり補足してしまうとネタバレになっちゃいますね……。

ただ一つ言えるのは、これが覚醒していなかったらヘスペリオス戦で詰んでいたので、割と過度なサービスシーンにもちゃんと意味があったということでしょうか。

ほ、本当ですよ……？

まあ「おっぱいは出していきましょう、おっぱいは！」みたいなやり取りがあったのはご愛敬ということで……。

でも真面目《まじめ》な話、この〝肉体的な繋《つな》がり〟というのが本作でもかなり重要な事象として描かれていますので、最終的にそれがどうなっていくのかを是非ワクワクしながら見届けていただけたら嬉しいです。

コミカライズもさることながら、いつかはこの物語を是非映像として皆さまにお届けしたいとも思っておりますので、今後とも応援のほどをどうぞよろしくお願いいたします。

ではでは謝辞《しやじ》の方に移らせていただけたらと思います。

イラストレーターのマッパニナッタさま、今回も本当に最高のイラストをありがとうございました。

もうイラストが届く度にモチベの上がり具合が半端なかったです。

担当編集さま並びに本作の刊行に携《たずさ》わってくださいました全《すべ》ての皆さま。

そして何より本作をお手に取ってくださり、今このあとがきを読んでくださっている読者さまに心よりのお礼を申し上げます。

この度も本当にありがとうございました。

くさもち

ダッシュエックス文庫

【第1回集英社WEB小説大賞・銀賞】
影使いの最強暗殺者
~勇者パーティを追放されたあと、人里離れた森で魔物狩りしてたら、なぜか村人達の守り神になっていた~
茨木野
イラスト／鈴穂ほたる

影使いの最強暗殺者2
~勇者パーティを追放されたあと、人里離れた森で魔物狩りしてたら、なぜか村人達の守り神になっていた~
茨木野
イラスト／鈴穂ほたる

【第1回集英社WEB小説大賞・奨励賞】
レベルリセット
~ゴミスキルだと勘違いしたけれど実はとんでもないチートスキルだった~
雷舞蛇尾
イラスト／さかなへん

レベルリセット2
~ゴミスキルだと勘違いしたけれど実はとんでもないチートスキルだった~
雷舞蛇尾
イラスト／さかなへん

村人たちが崇める森の守り神の正体は、傷つき孤独に暮らす影使いの少年!? 人類最強の力で悪をなぎ倒す、異世界ハーレム物語!

十二支の一人を倒したことでその名を轟かせたヒカゲに、新たな魔神が目をつけた。襲い来る刺客には、悪にそそのかされた実兄が!?

神童と呼ばれた少年が獲得したスキルは、毎日レベルが1に戻る異質なもの!? だがある可能性に気付いた少年は、大逆転を起こす!!

新たなスキルクリスタルと愛馬の解呪を求めて、スカーレットと風崖都市を目指すラグナス。そこで彼を待っていたものとは一体…!?

ダッシュエックス文庫

パワハラ聖女の幼馴染みと絶縁したら、何もかもが上手くいくようになって最強の冒険者になった4
～ついでに優しくて可愛い嫁もたくさん出来た～

くさもち

2022年 4 月27日　第1刷発行

★定価はカバーに表示してあります

発行者　瓶子吉久
発行所　株式会社　集英社
〒101−8050　東京都千代田区一ツ橋2−5−10
03(3230)6229(編集)
03(3230)6393(販売／書店専用)　03(3230)6080(読者係)
印刷所　図書印刷株式会社
編集協力　法貴仁敬(RCE)

ISBN978-4-08-631463-3 C0193